少年と少女と、

サクラダリセット6

河野 裕

角川文庫
20214

目次

主な登場人物

浅井《あさい》ケイ《けい》　「記憶保持」の能力を持つ少年。芦原橋高校奉仕クラブ所属。

春埼美空《はるきみそら》　世界を三日分、元に戻せる能力「リセット」を持つ少女。

相麻菫《そうますみれ》　「未来視」の能力を持つ少女。死亡したが、ケイたちの力で再生した。

浦地正宗《うらちまさむね》　管理局対策室室長。

索引《さくいん》さん　管理局局員。色で感情を見分ける。

加賀谷《かがや》　管理局局員。右手で触れた対象にロックをかける能力を持つ。

中野智樹《なかのともき》　ケイの親友。声を届ける能力を持つ。

皆実《みなみ》未来《みらい》　未確認研究会（U研）に所属。

村瀬《むらせ》陽香《ようか》　物を消す能力を持つ。

野ノ尾《ののお》盛夏《せいか》　咲良田の猫の動向を把握している。

津島《つしま》信太郎《しんたろう》　管理局局員にして、奉仕クラブ顧問。

宇川《うかわ》沙々音《さきね》　管理局の協力者。世界を変化させる能力を持つ。

岡《おか》絵里《えり》　管理局の協力者。記憶を操作できる。

非通知くん《ひつうちくん》　管理局の協力者。情報屋。

魔女《まじょ》　未来を知る。

プロローグ

その部屋の壁は、本棚で埋まっていた。

並んでいるのは様々な童話だ。多様な時代に、様々な国で創られた童話が、この部屋には満ちている。

部屋の中心には女性がいた。小柄な彼女には不釣り合いに大きな椅子に腰を下ろしている。森の奥深くで樹木に抱かれる精霊のようにもみえた。

彼女の外見から、年齢を判別することは難しい。頭には白髪が多く、手足は枯れたようにやせ細っている。だが顔には皺《しわ》が目立たない。笑ったとき、泣いたとき、刻み込まれていくはずの痕跡《こんせき》が極端に少ない。

彼女は魔女だ。そう自称している。

まったくその通りだ、と彼は思う。魔女は呪いをかけるものだ。そして彼女は管理局に――つまりは咲良田《さくらだ》に、逃れられない呪いをかけた。

魔女はゆっくりと頰を持ち上げる。コンピューターグラフィックスで加工して表情を変えるように。不自然な過程を経て、自然な笑みが作られる。

魔女は言った。

「貴方《あなた》は、石に恋することができる？」

笑って、彼は応える。

「なんの話ですか？」

「決まっているでしょう」

あどけない少女のように、魔女は首を傾げる。

「貴方の、お母さんの話よ」

「ああ」

なるほど、確かに。

彼女は石に恋をした。愛する人が石になったとき、その石を愛し続けることができてしまった。

「貴方は、彼女を恨んでいるの？」

「いいえ。そんなことはありません」

「では、彼女を憐《あわ》れんでいるのかしら？」

「否定できませんね。母は可哀想な人だった」

魔女は頷《うなず》く。

「だから、能力を嫌っているのね。貴方から父親を奪い、母親を奪った能力が許せない」

なるほど。

確かに傍《はた》からは、そんな構図にみえるかもしれない。

「わかりやすくて良いですね。人に説明するのも簡単だ。私から家族を奪った能力が許せないんです。——うん、説得力がある」

小さな声で笑って、彼は首を振った。

「でも、違います」

まったく違う。そんなことは、関係ないのだ。

「じゃあ、どうして貴方は能力が嫌いなのかしら？」

「どうして？」

愚かな質問だ。

「理由なんて、別にない」

能力は無数の問題を抱えている。そのひとつひとつが、許せない。詳細に語ればいくらでも説得力のある理由を用意できるだろう。

だが、そんなことは本質ではない。

これはもっと本能的な感情だ。生理的な嫌悪感だ。

「私は純粋に、能力が気持ち悪い。嫌いだから、嫌いなのです」

魔女はじっとこちらをみつめていた。

「理由もなく、なにかを嫌うことなんてできるかしら？」

もちろんだ。

「感情の成り立ちを言葉にしても、その大半は嘘ですよ」

理性で捉《とら》えようとすれば、感情は濁る。

愛情も憎悪も同じだ。それらはどこまでも自然なものだ。論理的ではなく、我儘《わがまま》で、そして純度の高いものだ。嫌い憎しむことに理由なんていらない。

気がつけば魔女の顔から表情が抜け落ちていた。

あらゆる感情を失ったような、彼女の素顔で、魔女は言った。

「理由もなくなにかを否定できる貴方は、まるで怪物のようね」

彼はまだ笑みを浮かべている。

「いいえ。私は人間ですよ。どこまでも純粋に、ただの人間なのだと思う」

ただの人間だから、能力の存在を許せない。能力に頼って生きる人たちが、怖ろしくて仕方がない。

能力を肯定する人々こそが怪物なのだと思う。人知の及ばない力を受け入れられる人々こそが、人間を逸脱している。

魔女は悲しげな瞳《ひとみ》でこちらを眺めていた。その表情を彼女が意図的に作ったのか、それとも自然に生まれたものなのかはわからない。

「ねぇ、正宗《まさむね》くん。できるなら貴方の両親が愛した能力を、嫌わないでいて」

彼は——浦地《うらち》正宗は首を振る。

「誰が愛していたとしても、私がそれを愛する理由にはなりません」

当たり前だ。

自分の感情は、自分以外に決められない。

＊

どうやら眠っていたらしい。

浦地正宗は努力して瞼《まぶた》を持ち上げる。肩に重みのような違和感が乗っていた。デスクに座ったまま眠るのは、できるなら避けた方が良いようだ。

ぼやけた視界で辺りを見回して、理解する。ここは管理局が所有するオフィスのひとつだ。対策室と呼ばれる部署が入っている。そして浦地は、対策室の室長だった。

軽く伸びをすると、浦地が目を覚ましたことに気づいたのだろう、ひとりの女性がこちらに歩み寄る。

彼女は索引《さくいん》さんと呼ばれている。本名は、知っていたはずだが、忘れてしまった。

索引さんは呆《あき》れた様子でこちらを眺める。

「おはようございます、室長」

「ああ。おはよう」

答えながら、浦地は壁に掛かった時計に視線を向ける。午後二時を回っていた。

「良い夢をみていたのですか？」

のまま再現するような夢だった。
みていたのは、以前、魔女――名前のないシステムに会ったときの記憶だ。記憶をそ
良くはない。
「いや」

「どうして？」

「眠りながら笑っていました」

「それは気持ちが悪いな。以後、気をつけよう」

どう気をつければいいのかわからなかったが、適当に答える。

部下と無駄話をしたい気分でもなかった。「なにか用かな？」と先を促す。

「つい先ほど、二代目の魔女から連絡がありました」

「へぇ」

二代目の魔女。――名前のないシステムと同じく未来視能力を有する少女。

「内容は？」

「室長に直接会って話をしたい、とのことです」

「素晴らしいね。良いタイミングだ。他には？」

「それだけです。彼女はまた連絡をすると言って電話を切りました」

「どれだけつまらない内容でもいい。彼女と雑談も交わさなかったんだね？」

「なにも。電話はすぐに切れました」

浦地は笑う。

「なるほど」

索引さんには、二代目の魔女から電話があった場合、「浦地は不在だ」と告げるように指示を出していた。それは簡単な実験のようなものだった。

――おそらくは間違いない。

二代目の魔女。二代目の未来視能力者。極めて強力な彼女の能力にさえ、対抗する手段はある。

――彼女にも、みえない時間があるようだ。

彼女は電話の結果を事前に知ることができなかった。そうでなければ、相手が出られない時間に、電話を掛けるはずがない。

問題ない。すべて、順調に進行している。

浦地はデスクの上にあった手帳を開き、ボールペンを手に取る。

そこに、乱雑な字で書きつけた。
・現在、一〇月二一日、午後二時〇五分。
・魔女から連絡がある予定。アポイントメントに関する件。
他にも気になることをいくつか書きつけてから、目を閉じる。

そして、能力を使う。忌々しい能力を、自身に向かって使用する。

軽い眩暈《めまい》——立ちくらみの感覚に似ている。

だがそれはほんの短い時間で過ぎ去る。眩暈から立ち直ったとき、彼は、記憶の一部を失っていた。

それは強引にデータを繋《つな》ぎなおしたように。この二時間ほどの出来事がすべて、頭の中から消えて無くなっている。先ほどみた夢も、索引さんと交わした会話も、すべて忘れていた。

彼は自身の右手が、一冊の手帳を開いているのをみつける。

そこには乱雑な文字が並んでいる。目で追い、自身の状況について理解する。

問題ない。すべて、順調だ。

「報告、ありがとう」

そう告げながら、索引さんを眺める。彼女が余計なことを覚えていると面倒だ。適当なタイミングで記憶を奪っておいた方が良い。

——もうすぐ、すべて終わる。

咲良田の、歪《ゆが》んだ物語が終わりを迎える。

その準備はすでに整いつつあった。

1話　ある結末

1　一〇月二二日（日曜日）／午後一時

ほんの数日前まで無機質だった廊下は、カラフルなポスターがいくつも並び、騒々しく彩られていた。

そこを大勢の人たちが行き交う。段ボールでつくった看板を掲げる男子生徒がいて、ホットドッグにかみつくお姉さんがいる。パンフレットを確認しながら進む三人組の女の子は年下にみえた。きっと中学生だろう。生徒会の腕章をつけた青年は、喫茶店の看板が掛かった教室を覗き込み、満足げに微笑んだ。

廊下を進むと、声が聞こえる。いくつもの声。短い言葉。――「どこにいこうか？」「いらっしゃい」「お化け屋敷だって」「クレープ食べたい」。そのどれもが弾むようで、楽しげで、浅井《あさい》ケイも思わず笑う。

一〇月二二日、日曜日。

学園祭だ。

ケイのクラスの出し物は、演劇だった。午前と午後に一度ずつ、三〇分ほどの舞台を上演する。午前の上演はもう終わっていた。現在、午後一時を少し過ぎたところ。二度目の上演は二時三〇分から始まる予定で、ケイはその一五分前に教室に戻っていればいい。あと一時間ほどは、自由に学園祭をみて回る余裕がある。

ケイは右手に持っていたチョコレートバナナのバーを、廊下に設置されたごみ箱――段ボール箱に「燃えるごみ」と書いた紙を張り付けただけの、即席のものだ――に放り込み、渡り廊下へと進む。

校舎をひとつ移動したところで、前方に、見知った背中をみつけた。肩ほどまで髪を伸ばした女子生徒だ。年齢は彼女の方がひとつ上だけれど、ある事情で、ケイと同じ一年生だ。

歩調を速め、あと三歩で肩が並ぶくらいの距離まで近づいて、声を掛ける。

「こんにちは、村瀬《むらせ》さん」

彼女は足を止め、驚いた様子で振り返った。眼鏡越しにこちらと目を合わせ、それから怒ったような口調で「こんにちは」と答える。彼女が不機嫌そうなのはいつものことなので、気にしないことにする。

「ひとりですか？」

「みればわかるでしょ、そんなの」

「では一緒に、体育館に行きませんか？」

彼女はわずかに、眉《まゆ》を寄せる。

「体育館？」

「放送部主催で、色々なバンドがライブをしています」

「そういうの、興味あるの？」

「それなりに。放送部には友人がいて、彼も舞台に上がるんですよ」

ぜひ観に来てほしい、と誘われていたのだ。

村瀬は驚いた風に目を大きくさせる。

「貴方《あなた》に友達なんていたの？」

失礼な話だ。友人の数が、平均値を下回っているだろうとは思うけれど。

大げさに胸を張って、言ってみる。

「親友と呼んでいいほどの間柄です。同じ中学校に通っていたんですよ」

彼女は嚙《か》みしめるように、「親友」とつぶやく。

「貴方はわかり辛い冗談を言うわね」

いったいどこが冗談だというのだ。

すべて真実です、と断ってから、もう一度尋ねる。

「そんなわけで、僕の親友を観に体育館へ行きませんか？」

「いいけど——」

彼女はケイの背後を覗き込むように視線を動かした。

「春埼《はるき》は？」

「教室で脚本を読んでいます」

春埼美空《みそら》は劇で、主役の女性を演じる。その女性の恋人がケイの役だ。

「貴方はいいの？」

「微妙なところです。でも、台詞《せりふ》を間違えたりはしませんよ」

ケイは過去を確実に思い出す能力を持っている。

もちろん記憶力さえあれば良い演技ができるわけじゃないけれど、ケイが演じる男性は、過去に起きた事故で感情を失っている設定だ。抑揚のない口調で決まった台詞を話していればいいので、気は楽だった。

だが、村瀬は軽く首を振る。

「そうではなくて。春埼を放っておいていいの？」

彼女の質問に、答えを返すのは難しい。

少し考えて、結局は先ほどの言葉を繰り返す。

「微妙なところです」

ケイだって春埼と共に、台詞の練習をするつもりだったのだ。だが彼女に、教室から追い出されてしまった。ひとりで集中して脚本を読みたいのだという。

劇は今日の午前中にも一度、上演している。

出来は決して悪いものではなかった。もちろん高校生が学園祭で演じたにしては、というレベルだが、とくに大きな問題も起こらなかった。けれどその内容は、脚本の執筆者——皆実未来《みなみみらい》の理想とは、いくぶん違っていただろう。

あらすじはこうだ。

近未来、人々は意識を電子的なネットワークに接続し、様々な情報を脳から脳へと直接伝達することが可能になっている。

ネットワークは仕事にも、娯楽にも、そして人と人とのコミュニケーションにも使われる。悲しみを伝えるために涙を流す必要はなく、好意を伝えるために愛を語る必要もない。すべて意識をネットワークに接続するだけで事足りる。

だがある日、そのネットワークにエラーが発生する。あらゆる感情が無制限にネットワークに流出し、人々はパニックに陥ってしまうのだ。

ネットワークのシステムエンジニアだった男性――ケイが演じる役だ――はそのエラーを解決するため、自身の意識を不安定なネットワークに接続した。彼の奮闘によりネットワーク上のエラーは取り除かれるが、そのときに無理をした影響で、男性はあらゆる感情を失ってしまう。少なくとも傍《はた》からは、彼の感情がみえなくなってしまう。

例外は春埼が演じる女性だけだ。

彼女は自身の恋人に、深く大きな優しさが残っているのだと信じている。

物語の結末で、その女性――春埼美空はとても自然に微笑まなければならない。彼女の笑みをみて、ようやくケイも笑える。そのシーンで物語が終わることに、脚本ではなっている。

だが午前中の舞台で、春埼は笑えなかった。

彼女が唇の両端を釣り上げても、それは笑みにみえなかった。ケイは彼女の表情を、いちばん近くでみつめていた。そのまま照明が消え、午前の公演が終わった。

――それでストーリーが、破綻《はたん》するわけではないんだ。

ハッピーエンドを連想させるはずの結末が、少し悲劇的に味付けされるだけだ。観客はそういうものだと受け入れるだろう。あるいは綺麗《きれい》に笑えずに終わるからこそ価値のある物語なのだと考える人もいるかもしれない。だがそれは、皆実未来が想定した結末ではない。そして春埼は、自分が笑えなかったことを知っている。

あと一時間少々で、次の舞台が始まる。

その結末で、春埼美空は笑えるだろうか？

「彼女が抱えているのは、彼女自身の問題ですよ。僕にどうこうできることじゃない」

と、ケイは告げる。

でもそれは、ケイ自身を守るための嘘だ。とても恰好《かっこう》の悪い嘘だと知っていた。

＊

同じ時間、春埼美空はクラスメイトに借りた手鏡を覗きこんでいた。

笑ったつもりだ。

でも手鏡に映る表情は、ちっとも笑顔にみえなかった。重たいものを持とうとして、歯を食いしばる顔に似ている。

声には出さず、つぶやく。

――口角を上げて、目尻《めじり》を下げる。

それが笑顔の定義だ。でも、上手《うま》くいかない。

笑顔を作るのが、こんなにも難しいとは思っていなかった。少し前までは自然に笑えていたはずなのに。顔の筋肉の動かし方が、今はよくわからない。

教室に人は少ない。いちばん後ろの席に、ノートPCを操作する男子生徒がいる。彼は劇の音源を担当している。PCは舞台の両脇にあるスピーカーに繋《つな》がっている。

他に、段ボールを窓に張りつけている女子生徒がふたり。上演中は客席を暗くするため、光が入ってくると不都合だ。遮光性の高いもので窓を塞《ふさ》ぐ必要がある。その作業は昨日のうちに終わらせていたけれど、後ろの方から少しだけ光が漏れていたのが気に入らないらしい。丁寧に張りなおしていた。

教室にいるのは、それだけだ。浅井ケイの姿はない。当たり前だった。春埼自身がひとりで練習したいと言ったのだから。

春埼はまた、手鏡を覗《のぞ》きこむ。

結末の台詞を口にして、それからもう一度、笑ってみた。

だがやはり、上手くいかない。とても笑顔にはみえない。

そう思ったとき、ふたつの手が鏡に映り込んだ。春埼の口の両端をつかんで持ち上げる。

「もっと、こうだよ」

春埼は手鏡の角度を変えて、背後を確認する。そこにはいつの間にか、先ほどまで窓に段ボールを張りつけていた女子生徒のうちの一方——皆実未来がいた。

すぐ耳元で、彼女は言う。

「美空ひとり？　浅井くんは？」

「ケイは体育館にいきました」

そう答えたつもりだったが、口の両端を押さえられているせいで上手く喋《しゃべ》れない。

だが皆実には正確に意味が通じたようだ。

「あ。そっか、もうすぐ中野《なかの》くんの出番だ」

春埼は頷《うなず》く。

そのタイミングで、口元から皆実の手が離れた。鏡に映った彼女は腰に手を当て、責めるような表情を作る。

「どうして一緒に行かなかったの？」

「私は劇の練習をする必要があります」

「そんなのより重要なことがあるよ」

皆実未来に「そんなの」なんて言われるとは思っていなかった。今日の舞台の、実質的なリーダーは皆実だ。彼女が脚本を書いたし、演出の指示も出している。

「重要なこととはなんですか？」

皆実は眉間《みけん》にしわを寄せ、難しい考え事をしているような表情を作る。

「それは美空がいちばんよく知ってると思うけど」

皆実未来は春埼の隣にあった椅子に腰を下ろす。客席用に並べているものだ。互いに教室の前方――舞台がある方向を向いて話す。

「ああ、もう。せっかく中野くんと共謀して、いろいろ作戦を立てたのに」

「共謀？」

「美空は浅井くんと一緒に、ライブに行く予定だったの」

「そんな指示は受けていません」

知らされていないことを予定と言われても困る。

「浅井くんを誘ったら、美空も一緒に行くと思ってたんだよ」

皆実未来は大げさに肩を落とす。彼女はなにをするにしても、いちいちアクションが大きい。

「今からケイを追いかけた方がいいですか？」

「ううん。浅井くんがライブに行ってるんなら、とりあえず問題ない。それに美空と話したいこともあったし」

皆実は勢いよくこちらを向いた。彼女の括《くく》った髪が、頭の両端で跳ねる。

「美空。浅井くんと、ケンカした？」

ケンカ？

「いえ。していません」

「そっか」

皆実は首を傾げている。

「でも、なんかさ。美空が浅井くんを避けてるようにみえたの」

春埼は頷いた。

「はい。避けています」

おそらくそういった認識で、間違っていない。

皆実の眉《まゆ》が跳ね上がった。彼女はこちらに身を乗り出す。

「どうして？」

答えが難しい質問だ。そこには様々な要素が複雑に関係しているし、全貌《ぜんぼう》は春埼自身にもよくわからない。

――でも、彼がいると、私は上手く笑えない。

およそひと月前、この劇の練習を始めたばかりのことだ。春埼は上手く笑うことができなくなった。原因はわからない。きっと春埼の中にある、笑うために必要な部品が壊れてしまったのだ。

それを修復しなければならない。もう時間はあまりない。

ため息のような口調で、春埼は答えた。

「要するに、罪悪感のようなものです」

なんとなく口にした言葉だった。

でも、罪悪感という単語は、妙に今の心情に合っているような気がした。

浅井ケイに、謝らなければいけないことがある。

＊

体育館の窓には、暗幕が掛かっていた。

光源は舞台を照らすスポットライトだけで、客席は暗い。舞台の前にはパイプ椅子が並び、その六割ほどが埋まっている。

前方を指して、浅井ケイは尋ねた。

「座りますか？」

「いえ、いい。できるだけ舞台から離れましょう」

村瀬は舞台の対面の壁際に向かって歩く。ケイもその後ろに続いた。もし村瀬がいなくても、同じようにしていただろう。舞台の両脇に設置されたスピーカーから響く音があまりに大きくて、ノイズとハウリングが混じり、そちらに近づこうという気になれない。

ふたり、並んで壁にもたれ掛かる。

舞台の上では四人組の男子生徒が楽器をかき鳴らしていた。エレキギターがふたり、ベースとドラムがひとりずつ。ギターの一方がボーカルも担当している。

隣の村瀬が眉をひそめる。

「古い曲ね」

「そうなんですか？」

「一五年くらい前の曲よ。タイトルは覚えてないけど、ジャケットには壊れた自由の女神のイラストがついていたと思う」

「ロックに詳しいんですか？」

「偶然よ。うちにあったから、聴いてみたことがあるの」

ああ、きっと彼女のお兄さんの持ち物だろうな、と思い当たって、ケイは質問を止める。村瀬の兄は一年ほど前、事故に遭って亡くなっている。

「機会があれば聴いてみます」

「そんなにいい歌じゃないわよ」

つまらなそうな口調で、彼女はそう答えた。

ケイはぼんやりと舞台を眺める。

音は、貪欲《どんよく》に肥大化することだけを求めるように辺りを掻《か》き回している。大きすぎる音は嫌いだ。カラオケも、ゲームセンターも苦手だ。でも今はスピーカーから流れる、目が眩《くら》むような大音量が心地好《よ》い。

教室で脚本を読んでいる少女のことを、つい考える。

――まだ足りないと思っていた。

それは満たされることのない空腹感のように。尽きることのない睡眠欲のように。あるいは人生における、幸福の総量のように。まだ足りない。なにか足りない。理想には届かない。ずっと、そう思っていた。

――でも本当に、足りないものなんて、あっただろうか？

もしもなにかが欠けていたとして、それを埋めなければ次に進めないなんてことが、あるだろうか？

ドラムがシンバルを叩《たた》く。音が弾ける。曲が加速した。それが意図的な演出なのか、彼らがリズムを乱しているのかは判別できない。

天井を見上げると、並んだスポットライトが刺々《とげとげ》しく輝いている。

目を閉じる。

まるで過去を思い出すように、彼女のことを考える。

春埼美空。今はもう、いくつもの、複雑な感情を持つ女の子。

彼女について、相麻菫《そうますみれ》は言った。

――二年前、貴方《あなた》が求めていた、普通の女の子としての恋に近い感情で、貴方と繋《つな》がりたいと望んだ。

――それを貴方は、リセットで消してしまった。

きっと今までだって、何度も何度も、彼女の感情を消してきた。ケイの我儘《わがまま》で春埼美空を犠牲にしてきた。

それでよく、まだ足りないなんて言えたものだ。

改めて辺りを見回すと、二年前にケイが求めていたものは、もうすべて揃《そろ》っているように思えた。

――これでも、足りないものなんて、どこにもなかった。

足りないのは、足りないのだとすれば。

春埼美空ではなく、浅井ケイの問題だ。

偽物だけど安定した幸福から。ふたりを繋ぐ安らかで残酷な繋がりから。そして二年前の記憶から。抜け出せないでいるのは、ケイの方だ。

――彼女は進んだのに、僕が立ち止まっているからいけないんだ。

春埼が笑えない理由なんて、きっとそれだけだ。他に足りないものなんて、もうどこにもない。

ふいに音が止む。

どうやら演奏が終わったようだ。それでケイの意識も、現実に引き戻された。まばらに聞こえる拍手に合わせて、ケイも手を叩く。

「古い曲」

と、もう一度、村瀬は言った。

四人組のバンドは、自分たちのクラスでたこ焼きを売っているからぜひ食べに来て欲しい、と告知してから舞台を下りる。

次のバンドが現れて、楽器のセッティングを始める。全部で三人。みんな一年生で、面識がある。クラスメイトたちだ。

ケイは舞台を指さした。

「真ん中が友人です」

中野智樹《ともき》。彼はギターもドラムも扱えるけれど、今日はベースを握っていた。普段と同じ制服を着たまま、マイクスタンドの前に立つ。少し緊張しているようだ。

「信じ難いわね」

ま、無理に信じてもらうようなことでもない。

アナウンスがバンド名を告げる。ムーンパピー。月の子犬。以前から智樹が好んで使っている名前だ。智樹はマイクの前で、客席を見渡して、それからまっすぐこちらをみた。照れたように笑う。彼が片手を上げて、ドラムがスティックを打ち鳴らす。かん、かん、かん、とその音が響いて、消えて、そして。

空気が震えた。

不純物のない、乾燥した突風のような音が身体を突き抜けて、飛ぶ。クリーンな音。それにぶつかり、心臓が揺れた。

最初の四小節で思い当たる。ああ、知っている曲だ。前に、智樹と共に聴いたことがある。馬鹿みたいにストレートに、愛を叫ぶ曲だ。

舞台の上で、彼は笑っていた。日本人には聞き取りやすい発音で、英語の歌詞を歌う。

――真ん中に君がいるんだよ。

と、笑いながら叫んだ。

海をみても、夕陽を眺めても、いつだって真ん中に君がいるんだ。もしも君が泣いていたなら、どこもかしこも、宇宙全部が泣いているようなものだ。そんな意味の歌詞だった。

だから愛を叫ぶんだ。と、智樹は叫ぶ。

他のことなんて関係ないんだ。君が笑えますように。そう祈って愛を叫ぶのが、僕のすべてなんだよ。叫んだ彼と、目が合ったような気がした。

なにも複雑なところがない歌だ。リズムも歌詞も、まっすぐな直線みたいで美しい。

ケイは教室で脚本を読んでいる少女について、また考えた。

君が笑えますように。中野智樹が叫ぶ。

愛について、叫び続ける。

村瀬がつぶやく。

「馬鹿みたいな歌ね」

ケイは答えた。

「だからいいんですよ」

智樹ならきっとそう言うだろうと考えながら。

舞台の上の彼は今、体育館にあるすべての光に照らされていた。安っぽい光。ライトのレンタル料と電気代を足し合わせれば、金額で換算できるような光。でも彼は、今だけは、大げさにいうなら神々しくみえる。

一曲目を歌い終え、大きな深呼吸をしてから、中野智樹は喋《しゃべ》り始める。

「この曲は、中学二年生のとき、ラジオで聴きました。そのとき、オレは友達から、相対性理論の説明をしてもらってました」

よく覚えているな、とケイは思う。

たしかにあのとき、ラジオから流れる、愛を叫ぶ曲を聴きながら、ケイは相対性理論について語った。

「オレは頭が悪いから、相対性理論のことはよくわかりません。要するにいろんなルールがねじ曲がるくらい、この世界には愛があふれているんだ、っていう風な話だったと思います」

違う。ケイは相対性理論の説明として、信頼という言葉を使った。

それを智樹が愛という言葉に置き換えたことに、具体的な理由があるだろうか。ただの記憶違いかもしれないし、曲に合わせてそう表現しただけなのかもしれない。

彼が複雑なメッセージを込めているとは思い難い。でも、偶然だとしても、ケイはそこに意味を感じずにはいられなかった。

愛か、信頼か。ずっとそれが問題だった。

ただの信頼なら、愛には足りない。まだ足りないのだと思っていた。

「今日、オレたちは、四つの曲を演奏します。今のが一曲目、このあとに三曲です。よろしくお願いします」

そう言った彼は、悠然と笑い、つけ足す。

「ハイホー」

再び演奏が始まる。

二曲目を聴いて、彼がなにをしようとしているのか、だいたい想像がついた。三曲目で確信した。

智樹はあの日、ラジオで聴いた曲を、順番に奏でている。

そしてもちろんケイは、そのすべての曲を覚えていた。彼が最後に演奏する曲についても、はっきりと思い出せた。

余計な言葉を挟むこともなく、駆け足気味に四曲目が始まる。

ラジオで聴いたとき、それはアコースティック・ギターの静かな曲だった。それをバンド用にアレンジしたからだろう、少し活発になっている。

ケイは内心でつぶやく。

――まったく、狙いすぎだよ。

最後の一曲は、雨の日について歌う曲だ。

＊

愛の歌から始まって、雨の日の歌で終わることが重要なんだ、と中野智樹は思う。

舞台から見渡す客席は壮観だ。満員というほど人がいるわけでも、熱狂的というほど観客たちが音に酔いしれているわけでもない。けれど誰もが、同じ方向をみている。その中で、舞台の上の三人だけが、反対をみて向かい合っている。そこがいい。

舞台裏では手が震えていた。おいおい、マジかよ。これでどうやって弦を押さえるんだよ。そう思っていた。

でも舞台に上がると、いろんなことがどうでもよくなった。暗い客席にいる皆は別に期待もしていない顔つきだ。舞台だけが熱いライトで照らされている。

――まるで魔王軍と向かい合う勇者みたいじゃないか。

伝説の武器はバーゲン品のギターと、中古のベースと、どっかの業者のおっさんが運んできたドラムセットだ。ちょっと恰好《かっこ》よすぎる。

そしていちばん遠く、対面の壁際にラスボスがいた。

浅井ケイ。ライブだってのにすました顔でこっちをみている。あまりにいつも通りの彼で、智樹は思わず笑う。

隣にいる眼鏡の女の子はよく知らなかった。

――そこは春埼を連れてこいよ。

と思うけれど。今日の四曲は、あのふたりを倒すためだけに用意したものだったけれど、まあいい。ケイがいれば、とりあえずそれでいい。

あの頭の良い馬鹿は、頭が良いくせに馬鹿だから、いろんなことを難しく考えすぎるんだ。

昔、いつだったか忘れたけれど、あいつから1＋1が2になることの証明について聞いた。なぜ1＋1＝2なのか。そこにはとても複雑な証明式があるらしい。

聞いてもよくわからなかったが、とにかく面倒な話だった。

――鍵《かぎ》になるのは背理法だ。

と浅井ケイは言った。

――ハイホー。

と中野智樹は答えた。理が抜けている。

どうでもいいんだよ。

そういうのは、どうでもいいんだ。とにかく1＋1＝2なんだ。それくらいのこと頭から信じてもいいだろう？　証明とか言い出すから面倒になるんだ。

――お前はそういう奴だよ。

インテリジェンスの使い方を間違ってる。

わかりきってることでいちいち足を止めるから、進み出せなくなるんだ。地面を信じなければ歩くこともできない。同じことだ。

もっと単純でいいんだ。1＋1＝2なんだ。愛を叫べば女の子が笑って、女の子が笑えば宇宙は平和なんだ。

祈りを込めて、中野智樹は片手を上げる。

二本のスティックをぶつける音。鼓動に似ていた。ベースの弦を弾く。空気が震える。この空間すべてに血液を送り込むみたいに。

暇さえあれば練習していた曲だから、指は勝手に動いた。歌うのも自動的だ。英語は苦手だけど、辞書で調べたんだ。歌詞の意味は知っている。

だから愛を叫ぶんだ、と叫んだ。

他のことなんて関係ないんだ。君が笑えますように。そう祈って愛を叫ぶのが、僕のすべてなんだよ。

叫びながら、智樹は薄暗がりの向こうにいる、浅井ケイをじっとみつめる。

同時に能力を使った。

ただ、声を届けるだけの能力を、まっすぐに。

＊

最後の一曲は、雨の日について歌う曲だ。

雨が降った何気ない一日を、静かな口調で歌う。そんな曲だった。

浅井ケイはもちろん、その歌詞をすべて覚えていた。

同じように二年前のことも、すべて。

雨の日、あるバスの停留所で、ケイは相麻菫を見送った。そのすぐ後に、相麻菫は死んだ。そのことは中野智樹にだけは話している。

智樹は雨の日についてゆったりと語るように歌う。

ケイはバスの停留所を思い出す。

でも、同時に、もうひとつ彼の声が聞こえた。

――だから愛を叫ぶんだ。

最初の一曲のリフレイン。彼の叫び声が、ほんの十数分間を超えて、ケイの頭の中だけに再び響いた。彼の能力だ。

――他のことなんて関係ないんだ。君が笑えますように。そう祈って愛を叫ぶのが、僕のすべてなんだよ。

その叫び声が、一瞬、雨の日の歌をかき消した。

思わず笑って、ケイはつぶやく。

「うるさいよ」

隣の村瀬がこちらをみる。

「なにか言った？」

ケイはじっと舞台をみつめていた。

「あいつに結構、憧《あこが》れているんです。だからあんまり恰好《かっこう》をつけられると、たまにいらっとする」

「よくわからないわね」

「要するに嫉妬《しっと》です」

「笑顔で言うフレーズじゃないわ」

「真顔で言うと、智樹が調子に乗るから」

彼の能力はケイが知る限り、もっとも美しい。

そして能力は、使用者の心と深く繫《つな》がっている。

たまに中野智樹が、とても恰好よくみえることがある。それは悔しくなるくらいに。

ケイは目を閉じる。まだ雨の日の歌は続いていた。愛を叫ぶ歌は、もう聞こえないはずだけど、なのにまだ頭の中に反響していた。

――どこにでもあるような歌だ。

雨の日の歌も、愛を叫ぶ歌も、どちらも。

智樹の演奏は上手《うま》い。後のふたりも悪くない。

だが単純なクオリティで比べれば、学園祭のライブで聴く音楽より、一曲当たり何百円かで買える商品の方がずっと上だろう。プロフェッショナルにはプロフェッショナルであるだけの理由がある。

中野智樹の歌は、取り立てて感動するほどのものじゃない。心を動かされるようなものじゃない。

——そんなものが切っ掛けなんて、まったく馬鹿みたいじゃないか。

智樹が調子に乗る。一〇年後、実はあいつらは——なんて話し出しかねない。

でも、先ほどから、教室で脚本を読む少女の顔がちらついて仕方がなかった。君が笑えますように。頭の中で、まだ智樹の歌声が反響している。

ケイは目を開いて、村瀬を見る。

「お願いがあるんです。聞いてくれますか？」

「なによ？」

「南校舎の屋上に行きたいんです。でも、うちの学校、屋上は立ち入り禁止だから」

村瀬は不思議そうに眉《まゆ》を寄せる。

「つまり、鍵を開ければいいの？」

「はい。お願いします」

彼女は触れたものならなんでも消し去る能力を持っている。彼女の能力で消したものは五分経てば元に戻る。ドアノブと鍵を消して、扉を開けて、それから五分待てば完璧《かんぺき》な開錠ができる。

「別にそれくらいかまわないけど、どうして？」

「昔、色々あったんです。南校舎の屋上は、ちょっと特別な場所です」

「よくわからないわね」

「すみません。とても説明が難しいんです」

彼女は困った風に眉を寄せて、頷《うなず》く。

「ま、いいわ。鍵を開けるくらいなら」

「ありがとうございます」

雨の日を歌う曲が終わる。

「僕は友達に会ってきます」

「先生にばれたら、責任取ってもらうわよ」

「もちろん」

ケイは舞台袖《そで》に向かって歩き出す。

舞台の上では、智樹がクラスの劇に関する告知をしていた。——とても綺麗《きれい》なラブストーリーです。エンディングは感動的です。ぜひ観に来てください。

＊

皆実未来は、春埼美空の言葉を反復する。

「罪悪感？」

同時に皆実は、戸惑った風な表情を浮かべた。だが心の中では、納得していた。

春埼美空と浅井ケイの間には、奇妙な距離感がある。極めて親密なようにみえて、だがある一定の距離からは決して踏み込まないような、戸惑いや躊躇《ためら》いに似た壁がある。その正体が、きっと罪悪感と表現されたなにかだ。

春埼美空は機械的な動作で頷く。

「本当は、私には、この舞台を演じる権利がないのです」

そんなはずがない。

この劇の脚本は、春埼美空のために用意したものだ。彼女が演じなければ意味がなくなってしまう。

皆実は、努めて軽い口調で尋ねた。

「え、どうして？」

「オーディションが必要です」

「クラスみんなで？　大丈夫だよ。春埼が主役をやるのが、不満な子なんてひとりもいないから」

学園祭の劇で、主役をやりたいなんて生徒は、このクラスにはいない。クラスメイトたちとわいわい騒ぎながら準備ができて、たまに遅い時間まで学校に残ったりして、全員でひとつのものを作り上げたという充足感さえ得られれば良いのだと思う。学園祭において、本番はそれほど重要ではない。

だが春埼は首を振った。

「そういうことではありません」

「じゃあ、どういうことなの？」

「ケイの恋人を演じるなら、私よりも適任がいます。私はきっと、彼女と比べられ、選ばれる必要があったのです」

浅井ケイと春埼美空の間に入る三人目。そんな人が、いるんだ。

「それは、誰？」

「貴女《あなた》の知らない人です」

「誰？」

思わず強い口調で尋ねていた。

「中学生のころ、ケイと仲の良かった女の子ですよ」

皆実未来は意図して笑う。

できるだけ単純そうに。ただ明るい少女のように。

「クラスメイトじゃないなら、今回の劇には関係ないよ」

「そうですね。私は、支離滅裂なことを言っています」

そう答えて、春埼も笑った。それは抜け殻みたいな、諦《あきら》めに似た笑みだった。

「今」

皆実は春埼の口元を指さす。

「笑えてるよ」

彼女はずっと握りしめていた手鏡を覗《のぞ》きこんだ。

「この表情で、良いのですか？」

「んー。あと、幸せを大さじ二杯ってとこかな」

元の、無表情に近い真顔に戻って、春埼はこちらに顔を向ける。

「私には幸せの量り方がわかりません」

そんなこと、皆実にだってわからない。

少し躊躇ってから、尋ねる。

「ねぇ、中学生のころの話を聞かせてよ」

春埼は軽く首を傾げた。

「二年生の四月にケイと出会って、九月に中学校の奉仕クラブに入りました」

そのことは、中野智樹から聞いた。でも彼は、あまりふたりのことを教えてくれなかった。それは勝手に話していいことじゃないんだよ、と彼は言った。

「浅井くんと仲が良かったっていう女の子は？」

「夏休みの終わりにいなくなりました」

「引越ししたの？」

「いえ」

春埼は首を振る。

「もっとシンプルに、いなくなったのです」

いったい、どういうことだろう？

詳しく尋ねたかった。でも、春埼は脚本を開いてしまった。

「さて、私は劇の練習をします。たしかに彼女はクラスメイトではないのだから、この劇には関係ありません」

壁に張られた注意書きを読み上げるような口調で、彼女はそう言った。

たとえば、廊下を走るな。たとえば、扉は静かに閉めよう。正しいけれど、誰もまともには取り合わない種類の言葉だな、と皆実は思う。

＊

舞台袖で待っていると、間もなく中野智樹が現れた。後ろには彼と共に舞台に上がったギターとドラムもいる。

ケイは智樹に片手を上げて挨拶《あいさつ》する。

「やあ」

「よう」

彼は額に浮かんだ汗を拭《ぬぐ》い、子供っぽく純真な笑みを浮かべる。

「感動したか？」

「そこそこね。でも君は、英語の発音が悪い」

「いいんだよ。日本人に聞かせるんだから」

なるほど。そうかもしれない。

「これから少し、いいかな？」

「焼きそば食いながらでいいか？　腹が減った」

「できれば焼きそばは後にして欲しい。もうあんまり時間がないんだ」

劇が始まるまで、あと四五分といったところ。ケイはその一五分前に教室に戻らなければならないから、自由に動けるのは三〇分程度だ。

「劇が感動的なエンディングを迎えるために、協力して欲しいことがあるんだ」

「おう。クラスのためなら、なんでもするぜ」

智樹は同じバンドのふたりと、短い会話を交わして別れる。

彼と共に、ケイは体育館を出て、その裏手に回った。

体育館の裏手は、吹き溜《だ》まりのように学校中の静けさが寄せ集められていた。学園祭の活発な雰囲気はない。壁越しに、微《かす》かに次のバンドの演奏が聞こえるだけだ。

ケイは足を止める。ちょうど最後の一歩で、枯葉を踏みしめた。靴底に乾燥した葉が割れる感触が残る。

智樹は壁にもたれ掛かり、「ドアーズだな」とつぶやいた。中で演奏している曲の話だろう。

「言葉を届けて欲しいんだ」

ケイがそう言うと、智樹は笑う。

「春埼にか？」

「それもある。でも、本当に届けたいメッセージは別にある」

春埼が相手なら、携帯電話を使えばいい。教室まで迎えに行ってもいい。わざわざ中野智樹の能力に頼る必要はない。

「じゃあ、誰だよ？」

「相麻菫」

「相麻？」

智樹はなにかを言おうとして、だが言葉を呑《の》み込んだ。きっと彼女の話題は、死という言葉を避けては通れないからだろう。智樹は相麻が再生したことを知らない。

ケイはできるだけ軽く微笑む。

「君の能力なら、天国にいる彼女にだって声が届くかもしれない」

「お前は、あいつのことを気にし過ぎだ」

「それは僕の問題だよ。君には関係ない」

智樹は真剣な表情で、こちらをみていた。

「でも、生きてる人間の方が大切だろ」

「生きている僕たちのために、必要なことなんだ」

必要？　本当に？

少し違う。こんな段階、飛ばして進んでも、誰も困らない。あるいはその方が、正しい方法なのかもしれない。正しく、優しい。

でも、ケイは告げる。

「頼むよ、智樹。言ってみれば、これは儀式みたいなものなんだ。神さまに永遠の愛を誓ってから、指輪を交換するように」

「それは、どっちへの愛だ？」

「生きている方だよ」

中野智樹は、息を吐き出した。

「わかった。それならいいよ。愛を叫んで女の子が笑えば、宇宙はハッピーだ」

「君の方こそ、僕たちのことを気にし過ぎだ」

「ま、お前は浅井ケイだからな」

口の端を持ち上げて、智樹は不敵に笑う。

「お前は間違えちゃいけないんだ。女の子の涙を消すのが、お前の役割だろう？」

そうなればいいな、と思う。

でも何事も、そんなに上手《うま》くはいかない。

だから、まず、春埼が笑えるように努力しようと決める。

「相麻の顔は覚えているね？」

「もちろん」

智樹が能力を使うには、相手の顔を知っていなければならない。

彼は携帯電話を取り出し、時間を確認した。

「恰好《かっこ》いい決め台詞《ぜりふ》は用意したか？」

「そんなものいらない。僕はただ、事実を語る」

「オーケイ。いくぜ」

息を吸いこみ、智樹は笑った。早い口調で語り始める。

智樹の声は、相麻に届いているだろうか？

これは、以前、相麻自身が出した問題への回答でもある。

――この声が聞こえる？

二年前、まだ死ぬ前の相麻菫が、写真の中から現れた相麻菫に向かって送ったメッセージ。再生した相麻は本物の相麻菫なのか、それを知るための試験。

――僕は、届いたと信じているよ。

だからこの方法で、今は彼女に語る。

「オレたちのヒーロー、浅井ケイの登場だ」

叫ぶようにそう言って、智樹がこちらに微笑む。

ケイは口を開いた。

＊

よう、相麻。今回はお前からみればたったの五分前、一〇月二二日の午後一時四三分からお送りするぜ。

あれ、天国に時間はあるのかな？　まあいい、とにかく地上の時間じゃあ、今は一〇月二二日の午後一時四三分なんだよ。オレたちはもう高校一年生、高校一年生の一〇月二三日だ。

お前が川に落ちてから、二年たった。

ずいぶん久しぶりだな、元気にやってるか？

こっちの近況を長々と語りたいところだが、残念ながら時間がない。思うに高校生ってのは、人生で一番忙しい時期だ。もちろん小学生には小学生の忙しさがあるし、中学生には中学生の忙しさがある。大人になっても、やっぱりそれなりの忙しさがあるんだろう。

でも高校生の忙しさは特別さ。小学生とは違って三年間しかないし、中学生よりも身近になった将来の不安も、ずっとリアルな恋愛もある。おまけに今日は学園祭だ。雲の間からこっそり、芦原橋《あしはらばし》高校の辺りを覗《のぞ》いてみな。時間がぎゅっと圧縮された、馬鹿みたいな騒々しさの塊が落っこちているはずだ。

オレたちは今日のために、二か月近くも準備したんだ。考えられるか？　二か月ぶんの青春、その総決算だよ。嫌だって盛り上がるさ。その熱気で積乱雲が生まれやしないか、内心じゃあひやひやだ。

おっと、話が逸《そ》れたな。

本題は学園祭のことじゃない。

ケイがどうしても、お前に話したいことがあるらしい。聞いてやってくれ。

それじゃあ、いくぜ。

オレたちのヒーロー、浅井ケイの登場だ。

そしてケイはゆっくりと語る。

「僕はこれから、校舎の屋上に行く。二年と一か月、二一日ぶりに、南校舎の屋上に行く。そこで春埼美空に会う」

それから、しばらく黙り込む。

やがて、囁《ささや》くように告げた。

「相麻。僕は、あの夏を終わらせるよ」

＊

もう、なにもわからなかった。

浅井ケイに会いたくて、浅井ケイに会いたくない。

とても会いたくて、とても会いたくない。

そこには矛盾がある。白と黒とが混ざらない。灰色にならない、斑《まだら》模様の白と黒。

春埼美空は階段を上る。

頭の中に彼の声が届いたのは、ほんの数分前のことだ。そのはずだ。でも彼の声を聴いたのは、数秒前のような気もするし、数時間前のような気もする。今も頭の中で響き続けているようにも、ただの幻聴だったようにも、思える。

南校舎の屋上に来て欲しい、と彼は言った。

だから春埼は階段を上る。速いのか、遅いのかもわからない速度で。いつまでもこの階段が尽きなければいいと思った。今すぐ浅井ケイの顔が見たかった。矛盾だ。

校舎の最上階を通過し、さらに上へ。学園祭の喧噪《けんそう》が遠のく。そんなことにも気づかない。聞こえているのは、自身の鼓動と足音だけだ。

いつもケイと昼食を食べている踊り場を回った。

屋上へと続く階段は、倉庫代わりに使われている。標本が入った木箱、天球儀、丸まった模造紙。乱雑に置かれた段ボール箱の隙間を進む。

階段の停滞した空気を、正面から差し込む光が照らしていた。

扉が開いている。その向こうに屋上がある。二年前のことを思い出す。それは一枚の写真のように。浅井ケイと相麻菫が抱き合っているシーンが、今もまだ扉の向こうにみえる気がした。錯覚だ、と祈る。

最後の一段を上った。扉は開いている。

青空。高いフェンスの手前に、浅井ケイがいる。

まるで普段通りに、彼は微笑んでいる。彼の方から、光が射している。

屋上に出る、一歩手前で足が止まる。春埼も笑おうとした。それが上手くいかなかったことは、手鏡がなくてもわかる。

「おいで」

と、彼が言った。

浅井ケイは卑怯《ひきょう》だ。気がつけば歩き出していた。まっすぐに、彼に向かって。

屋上の真ん中で、春埼は尋ねる。

「どこまで近づけばいいですか？」

「もっと。もっと。目の前まで」

トン、トン、と足音が響く。

目の前に、手を伸ばせば届く位置に、浅井ケイがいた。

胸が苦しい。罪悪感がそこを押さえつける。

彼に、謝らなければいけないことがある。

*

彼女の表情は、なんだか泣き顔みたいにみえた。

普段と同じ、作り物みたいに整った、感情を読み取りづらい顔なのに。なのに今は、悲しげにみえた。

――きっと、彼女がうつむいているからだ。

いつもまっすぐにこちらをみている瞳《ひとみ》が、今は足元をみている。だから彼女は泣いているようだ。

でも、そんなことを指摘してみせても仕方がない。そんな言葉は、必要ない。

春埼美空が屋上に現れるまで、ケイは南の空を眺めていた。南の空を眺めながら、彼女に語るべき言葉を考えた。

一〇〇通りの言葉を考えて、一〇〇回、なにかが違うと思った。

あらゆる言葉が、なんだか場違いだ。なにかがずれている。感情を正確に表現するには、言葉の数があまりに足りない。

春埼美空は言った。

「貴方《あなた》に、謝らなければならないことがあります」

ケイは、できるだけ柔らかく微笑む。

「うん。なんだろう？」

「相麻菫のことです」

彼女が顔を上げる。澄んだ瞳が、はっきりとこちらを映す。強い目だ。春埼美空は目を逸らさない。逸らしてもいいのに、逸らさない。

「ごめんなさい」

彼女は言った。

「ごめんなさい。私は、相麻菫が、嫌いです」

だから、なんだっていうんだ。

生きていれば、誰かを嫌いになることだってある。当たり前だ。

なのに彼女は目を逸らさないから、そんなことで、深く悩み過ぎるんだ。二年前、彼女自身さえ特別ではなかった少女は、まだ自分の感情に慣れていないから、なにもごまかせないんだ。

でも、それを語る彼女が好ましかった。自身の内側にあるものさえごまかさずに罪悪感を持つ彼女が、美しいのだと思った。

春埼美空は身を乗り出しがちに、すがるように語る。

「私は何度も、相麻菫がいなければいいと考えました。彼女が写真の中から出てこなければよかったと。どうしてあのとき、私は相麻菫を写真の中から連れ出す計画に協力したんだろうと、後悔しました」

彼女の瞳は、じっとこちらだけをみている。

「ごめんなさい、ケイ。私は我儘です。私は、相麻菫のせいでリセットが価値を失うことが、怖いのです」

リセット。

ふたりの間にはいつだって、能力があった。春埼美空のリセットと、浅井ケイの記憶保持。どちらか一方ではたいした役にも立たない、中途半端なふたりの能力。

——僕たちは能力で、繋《つな》がっていた。

それは鍵《かぎ》と鍵穴のように、ふたつ揃《そろ》わなければ意味がない。ふたりは能力を理由に、顔を合わせることが約束されていた。

自動的に、当然のように、この二年間、ふたりはいつもふたりでいた。離れていても再会することを信じられた。

なんて気楽で、歪《いびつ》で、安らかな繋がり方だろう。

なんて、残酷な繋がり方だろう。

それを望んだのは、ケイだ。ふたりの関係を能力に求めたのは、ケイ自身だ。

だから、頷《うなず》く。

「知ってるよ」

春埼美空にとっての、リセットの価値を知っている。春埼美空が、相麻菫を怖れる理由を知っている。

リセットよりも使い勝手が良い、未来視能力があれば。

――僕たちは、顔を合わせる理由がない。

だから、どうしたというんだ。

理由がないことの、なにが問題だっていうんだ。

会いたいから会えばいいんだ。一緒にいたいから一緒にいればいいんだ。

そんなこと、二年前から、知っていた。

知っていたのに、言葉にする勇気がなかった。

今、ようやく、声にできるのだと思う。ようやく二年前から停滞していた時間を、前に進めることができるのだと思う。

「ねぇ、春埼」

呼びかけてみても相変わらず、言葉はみつからない。好き？　なんだかチープだ。愛している？　どこかフィクションじみている。でも、チープでフィクションじみた言葉を、積み重ねる他にない。

きっと照れ隠しで、もう一度、彼女の名前を呼ぶ。

「春埼。もし能力なんてなくても、僕は君に会いたいよ。君が綺麗《きれい》だと思うものを、僕も綺麗だと思いたい。同じ景色を眺めたとき、同じことを思い出して過ごしたい」

春埼の表情は相変わらず悲しげで、不安になる。――僕の言葉は、正確に伝わっているのかな？

そんなことはあり得ないのだと思う。感情のすべてが、彼女に伝わることはないのだと思う。どこかで誤解が生まれるだろう。純粋な言葉さえ、嘘が混じって聞こえることだってあるだろう。

でも、二年前、相麻菫は言った。

――私のこの言葉が、貴方の知る言語とはまったく別のものだったと仮定しましょう。

――それでも私は、貴方と会話できると信じてる。

――互いの言語を知らなくても、互いに勘違いしていても。それでも私は貴方の言葉を理解して、貴方に言葉を伝えられると信じている。

結局、それを信じるしかないんだ。

言葉を知らない赤子が、母を信じるように。そうやって言葉を学んでいくように、無《む》垢《く》に、信じることしかできない。

春埼美空はまっすぐにこちらをみている。

浅井ケイは微笑む。

「だから、春埼。ふたりでたくさん、話をしよう」

これまでのことを、これからのことを、今この時間のことを、できるだけ正確に伝え合おう。

言葉にするのは、とても難しいけれど。

――君が、上手《うま》く笑えますように。

それだけを願っているのだと、丁寧に伝えよう。

＊

午後二時一五分。中野智樹は、教室の前の廊下に突っ立っていた。

教室の中では、慌ただしく劇の準備が進んでいる。開演は一五分後、もうそろそろ観客を入れ始める時間だ。

「どうなると思う？」

と、隣に立つ皆実未来が言った。

彼女は今日の劇のリーダーだ。こんなところでぼんやりしていて良いのか疑問だが、自分の仕事くらい把握しているだろう。

「なにが？」

「あのふたりだよ」

「そりゃ、上手く行くだろ」

疑問を挟む余地もない。1＋1が2になるように、わかり切っていることだ。

「でも、浅井くんは他の人が好きだったんじゃないの？」

「ん？」

「美空の他にもうひとり、中学生のころ、仲が良かった女の子がいたんでしょ」

「知ってたのか」

「ついさっき、美空に聞いたよ」

馬鹿馬鹿しくて、大きく伸びをしてから、智樹は笑った。

「浅井ケイは、大昔からずっと、春埼美空が大好きだよ」

ただあいつの愛情表現は、ちょっとわかりづらいから、誤解されるだけだ。

「そうなの？」

「そうだよ」

「どうして中野くんが知ってるの？」

「みてりゃわかる。オレとあいつが、どれだけ一緒にいたと思ってるんだ」

小学六年生の夏から中学三年生の終わりまで、三年以上も同じ家で暮らしていたのだ。

浅井ケイのことは、誰よりも深く理解している自信がある。

「断言してもいい。今日があいつにとって、いちばん幸せな記念日になる」

毎年カレンダーを新しくするたびに、花マルをつけるような日だ。

皆実は背後の壁にもたれかかり、胸の前で腕を組んだ。

「んー。なんか浅井くんが、誰かを好きだって信じられないな」

「あいつは結構、誰でも好きだよ」

「人類愛、みたいなのなら、まだ理解できるけど。ひとりだけ誰かを好きになるって、違和感あるよ」

「そうか？　お前が思っているよりずっと、ケイは普通の高校生だ」

普通に幸せになりたがっている、ただの高校生だ。

「そうかな」

皆実は首を傾げ、それから、苦笑に似た笑みを浮かべた。

「うん。ま、そうなのかもね」

彼女は廊下の、ずっと向こうを見ている。

智樹もそちらに視線を向けた。南校舎がある方向だった。

人ごみと喧噪《けんそう》をかき分けて、足早に、浅井ケイと春埼美空が歩いてくる。ふたりの顔を眺めながら、皆実は囁《ささや》く。

「ああいう風に笑えるなら、舞台のエンディングは最高だよ」

まったく同感だったので、智樹も笑って、頷いた。

＊

固く握った拳《こぶし》で殴りつけると、スプリングの効かないベッドは思いのほか大きな音を立てた。手首の辺りが痛い。捻《ひね》ったのかもしれない。

痛みを抱きしめるようにして、相麻菫はベッドに倒れ込む。そのまま毛布に顔を押しつけた。意外なほど心は静かだ。ベッドを一度殴っただけで、もうそれ以上なにをする気にもならないのだから。

——なにもかも、予定していたことよ。

浅井ケイも、春埼美空も、相麻菫も。予定された物語を、一歩も踏み外すことなく辿《たど》っている。なにも、問題はない。

ベッドで寝返りを打ち、天井を見上げた。薄汚れた天井だ。何年も前に潰《つぶ》れたホテルに、美しさは求められない。

汚れた天井を眺めながら、相麻菫はある少女のことを考える。

世界でいちばん、嫌いな少女だ。

——貴女《あなた》はずるい。

自分だけが苦しまない。

ケイのためだと偽って、ひとりだけ傷つかないところにいる。

——苦しい部分は全部、私に押しつけて、貴女だけは楽をしている。

ケイだって、彼女のせいで傷ついている。

彼女は愚かで、身勝手で、どうしようもないくらいに弱かった。

掠《かす》れた声で、相麻菫は囁く。

「私はもう、疲れたわ」

逃れられない時間に疲れた。

希望にならない未来に疲れた。

彼女の相手をすることに、恨み続けていることに疲れた。

――でも、もう少しだ。

もう少しで、すべて終わる。終わりがあるなら、まだ歩ける。

相麻菫は目を閉じる。

今夜は人と会う約束がある。きっと、もっと、疲れることになるだろう。

それまで少しだけ、眠るために目を閉じる。

2 同日／午後六時二〇分

文化祭の閉会式は、午後六時二〇分に終わった。体育館を出ると、空はもうすっかり暗くなっていた。

浅井ケイは生徒たちの流れから離れて、体育館の出口を眺めていた。

やがて春埼美空が現れる。彼女の隣には皆実未来もいる。ケイが手を振ると、春埼はこちらに気づいて自然に笑った。平和の象徴みたいだ。

「ちゃんと美空を褒めてあげた？」

と、皆実は言った。劇のことだ。

春埼の演技は、簡単に言えば完璧《かんぺき》だった。ケイが脚本を読んだ時にイメージした女性を、そのまま表現してみせた。とても多感に、感動的に。

「もちろん。思いつく限りすべての言葉で褒め称《たた》えたよ」

「そうなの？」

皆実が春埼に視線を向ける。

春埼は頷《うなず》く。

「とてもよかったよ、と言ってくれました」

「それだけ？」

「他の言葉を思いつかなかったんだ」

ケイがそう告げると、皆実は両手を腰に当てて、こちらを睨《にら》んだ。最近よくみる動作だ。彼女自身が気に入っているのだろう。

「もっと言うことがあるでしょ？」

「女の子を褒めるのは得意じゃないよ」

「でもせっかくなんだから、もうちょっと頑張ってみてよ」

なかなか面倒なことを言う。

ケイは顎《あご》に手を当てて、しばらく考えてから口を開く。

「もし君が空に浮かんでいたなら、太陽も月も嫉妬《しっと》して、世界中から光が消え去ってしまうかもしれない。それくらい素晴らしかったよ」

皆実は気の抜けたような笑みを浮かべる。

「なんか狙いすぎて失敗した感じになってるね」

残念だ。頑張ってみたけれど、努力がいつも認められるとは限らない。

皆実はこちらに人差し指を突きつける。

「やり直し」

容赦がない。

助けてよ、と願いを込めて、春埼に視線を向ける。

それに気づいたのだろう。彼女は軽く頷いて、口を開いた。

「ケイはたまに不器用だから、こんなものです」

「そう？　浅井くんには期待してたのに」

「ケイに多くを求めてはいけません。意外とだめなところも可愛いタイプです」

「おお、ストレートなのろけだね」

春埼はしばらく沈黙してから、首を傾げた。

「言ってみると、意外と気恥ずかしいものですね」

前代未聞だ。春埼美空が恥ずかしがっている。一見すると彼女の表情は普段通りだけれど、口元の角度が少しだけ上がっているような気がした。

再び皆実が春埼を褒めろと言い出す前に、ケイは話題を変えることにする。

「さて、そろそろ帰ろうか。皆実さん、家はどっち？」

何度か通学路で会ったことがあるから、途中までは一緒だと思うけど。

皆実は大げさに首を振る。

「残念だけど、ふたりとは反対だよ」

気を遣ってくれたということだろう。

「そう。じゃあまた明日。皆実さん、今日はお疲れさま」

ケイは皆実に手を振って歩き出す。春埼と皆実も、互いに手を振り合っていた。

やがて隣に並んだ春埼に、ケイは小さな声で囁く。

「とてもよかったよ、本当に」

他に表現しようがない。

彼女は照れたように微笑んで、

「ありがとうございます」

そう答えた。


一緒に、できるだけゆっくり春埼の家まで歩いた。街灯の下を通過するたびに、ふたりの周りをふたつの影が、重なり合いながらくるりと回る。

彼女の家の前で、ふたりは二〇分くらい話をした。なんでもない話だった。幸福な時間だ、とケイは思う。

そしてちょうど午後七時になる頃にセーブした。今日一日をリセットすることなんてできないから、当たり前にそうした。

春埼が自宅に戻り、扉が閉まる音を聞いてから、ケイは歩き出す。

ひとりきりになった夜道、見上げると半月よりも少し膨らんだ月がみえる。春埼とふたりでいたあいだは、そんなことにも気がつかなかった。浮かれているな、と思う。その感覚は気恥ずかしくて、心地よい。でもいつまでものめり込んでいるわけにはいかない。

角を曲がるとき、思い浮かんだのは、相麻菫の顔だった。

そろそろ彼女が現れるのではないか。たとえば恋について、愛について、春埼美空について。彼女が一方的に、また語り出すのではないか。

それは予感というより、願望だった。相麻菫に会いたい。春埼美空との関係を相麻菫抜きに語ることはできないから、できるなら彼女に会って、きちんと話をしたい。

けれど角を曲がっても、そこに相麻はいなかった。街灯が効率的な配置で並んでいるだけだった。

夜空に向かって、ケイは囁《ささや》く。

「ねぇ、相麻。もし君がこの未来をみているなら、僕に会いにきてくれないかな？」

先月、夢の世界で顔を合わせたのを最後に、彼女には会っていない。

なんだか不安だ。二年前、春埼とふたりきり屋上で会ったすぐ後に――その事実をリセットしたすぐ後に――相麻菫は、死んだ。

そう考えた直後、声が聞こえた。

「心配性ね。私はきちんと生きているわよ」

辺りを見回す。だが相麻菫はいない。

この感覚を知っている。とてもよく知っている。

彼女の声は、ケイの頭の中だけで響いている。

——私も貴方《あなた》に会いたいけれど、訳があって、今はそうすることができないの。だからとりあえず、中野くんに協力してもらうことにしたわ。

そんなことが、許されるのか。

一度死んで、再生した彼女は、中野智樹と顔を合わせて良いのか。

相麻は平然とした口調で囁く。

——とりあえず、おめでとう、と言っておきましょう。ハッピーエンドという感じかしら？

つい笑って、答える。

「エンディングにはまだ早い。でも、うん。とても幸せだ」

——貴方は平気で私を傷つけることを言うのね。

「君を騙《だま》せるような嘘なんて、思いつけない」

——残念ね。貴方になら、いくらでも騙されてあげるのに。

すぐ隣に、相麻菫がいるような気がした。

でも実際には、冬になる少し前の夜を、冷たい風が吹いているだけだ。

中野智樹の能力は、距離も時間も超えて、確実に声を相手に届ける。ケイは過去の相麻と会話している。相麻は未来視によってこちらの言葉を理解し、未来のケイと会話している。その距離感がもどかしい。

いつか、どこかで、彼女が語った言葉が聞こえる。

――貴方にいくつか、お願いがあるの。

「僕にできることなら、なんでもするよ。ただし、理由を教えてくれるなら」

――みんな終われば、教えてあげる。なにもかも全部。

「どうして、今は教えてくれないのかな？」

――その理由も、みんな終われば教えてあげる。

ケイはため息をつく。いったい、相麻菫はどんな未来をみているのだろう。どうしてその未来を、頑《かたく》なに秘密にするのだろう。

「僕は、なにをすればいいのかな？」

――まずは、そうね。明日の午前中、春埼と一緒にゴミ拾いをしてちょうだい。

ゴミ拾い？

「明日は学校だよ。学園祭の片付けがあるんだ」

――悪いけれど、そっちは休んで。

あまり気の進む話ではなかった。自分たちが出演した舞台の片付けをクラスメイトに任せるのは心苦しい。

――スタートは午前九時から。ちょっと早すぎるかしら？

「我慢するよ。普段なら、もう登校している時間だ」

――よかったわ。次に、場所だけど。

相麻はある交差点を指定する。春埼の家からなら、歩いて五分くらいだ。

ひと通り彼女の言葉を聞き終えてから、ケイは尋ねた。

「それは、必要なことなんだね？」

確信を持った口調で、相麻は答える。

――ええ。とても重要なことよ。

「誰のために？」

――私のために。

なら、仕方がない。

「学校には、風邪をひいたと連絡を入れるよ」

――ありがとう。ごめんなさい。でも、

奇妙に柔らかな口調で、彼女は言った。

――これで、最後だから。たぶん、あと数日で、すべて終わる。

また連絡する、と彼女は言った。

それきりもう、声は聞こえなかった。

ケイはひとり、夜道を歩く。すぐ隣に感じていた、少女の体温が抜け落ちたような錯覚に囚《とら》われる。空の月に視線を向けて、それから携帯電話を取り出す。アドレス帳から中野智樹を呼び出し、発信した。

短いコールの後で、声が聞こえた。

「よう、ケイ」

楽しげな声。学園祭の後で高揚しているのだろう。

「やあ、智樹。君にひとつ、訊きたいことがあるんだけど」

「おう。なんだ？」

「誰か懐かしい人に会わなかった？」

「懐かしい人？」

「そう。たとえば、中学生のころの知り合い」

「学園祭には何人か来てたな」

智樹の口調に、不自然なところはない。たとえば相麻菫に会い、そのことを隠している様子はない。

ケイはストレートに質問をぶつける。

「つい先ほど、僕に声が届いたんだ。君の能力だとしか思えない。心当たりは？」

短い沈黙のあとで、彼は言った。

「いや。記憶にない」

順当に考えるなら、中野智樹は相麻菫に出会い、ケイに対して能力を使った。そして
その記憶を失った。

——どうやって？

相麻は、どんな方法で智樹から記憶を奪った？

彼女ひとりで可能なことだとは思えない。誰か、別の能力者が関わっているはずだ。

それが可能な人物には、とりあえずふたり思い当たる。あるいはケイがまったく知らな
い能力者かもしれない。

——相麻菫の協力者。

いったい、誰だ？

智樹の口調は、歯切れが悪かった。

「自分で能力を使ったのに覚えてないってのは、なんだか気持ちが悪いな」

「気にすることはないよ。この街では、不思議なことがいくらでも起こる」

「オレは、誰の声を届けたんだ？」

「それは秘密。いつか、気が向いたら教えるよ」

彼がなにも覚えていないなら、それでいい。

話題を変えるためにケイは言った。

「ところで明日、学園祭の片付けを休むことになりそうだ」

「ん、オレが届けた声の関係か？」

その通りだったが、否定する。

「いや。まったくの別件だよ。ともかく君に、一言謝っておこうと思って」

「どうしてオレに謝るんだよ」

「君は僕のぶんまで働いてくれるでしょう？」

「理由によるな。春埼とのデートなら許す」

「だいたいそんな感じだよ」

することは交差点でのゴミ拾いだけれど。

「まじかよ。女の子と仲良くなるコツを教えてくれ」

「一般的に、僕より君の方が人気があると思うけどね。君のライブを観にきていた子に声をかけてみたら？」

「誰が来てたのかなんて確認する余裕はなかったよ。あ、お前の隣にいた、眼鏡の子は？」

「村瀬さんだね。コーヒーフロートと猿が苦手な女の子だ」

智樹が小さな笑い声を上げる。

「どうでもいい情報だな。オレの歌、なんか言ってなかったか？」

「言ってたよ」

「おお、なんて？」

「馬鹿みたいな歌ね、と」

「だからいいんだよ」

「声が大きいよ」

そんな会話を交わしながら、ケイは夜道を歩く。

頭の片隅には、まだ相麻の言葉が居座っていた。

――これで、最後だから。

ケイにとっては劇的で、一般的には平凡で、だから幸福な一日の裏側で。

静かに相麻菫の物語が進行しているのを感じる。その全貌《ぜんぼう》は、まだみえない。

＊

結局、目を閉じても眠ることはできなかった。

相麻菫はひとり、夜の街を歩いていた。自動ドアのガラス越しにコンビニの店内を覗《のぞ》き込み、時間を確認する。午後七時一五分。約束の時間まで、まだ一五分ほどある。

ちょうどコンビニから現れた、スーツ姿の女性に「すみません」と声をかける。

「喫茶店を探しているんです。スモールフォレストというお店を知りませんか？」

「ああ。それなら――」

女性は簡潔に道順を教えてくれた。次の角を右手に曲がって、まっすぐ。交差点をひとつ越えた先に、その喫茶店はある。

「ありがとうございます。助かりました」

頭を下げて、相麻はその女性が指示した通りの道を歩き出す。

内心でつぶやいた。

――どうやら、まだリセットしていないみたいね。

道を尋ねたかったわけではない。未来を覗きみたかったのだ。リセットが使われる前か後かを確認するために。

角を右手に曲がり、交差点を越えた。目的の喫茶店はすぐにみつかった。

扉を押し開く。店内を見渡すが、目的の人物はいないようだ。

壁際にある四人掛けの席につくとすぐに、店員がグラスに入った水を運んでくる。相麻はメニューを手に取らず、「エスプレッソ」と注文した。

店員が立ち去ってから、もう一度、ゆっくりと店内を見渡す。

――まるで、映画のセットみたい。

作り物じみて美しい店、というわけではない。

古びた木製のテーブルには小さな傷がついているし、メニュー表は日に焼けて変色していた。壁には鉛筆の短い線がある。ちょうど鉛筆を持ったまま伸びをすれば、つい擦《こす》ってしまうような位置だ。

そのすべてに、確かなリアリティがある。でもなんだか、映画のセットみたいだ。

理由には簡単に思い当たった。

相麻がこの喫茶店を訪れたのは、今日が初めてだ。でも以前から繰り返し、この景色を眺めてきた。テーブルの傷も、日に焼けたメニュー表も、壁にある鉛筆の跡も。浅井ケイを通して、知っていた。

ケイと春埼は、この喫茶店をよく利用する。未来視で何度もみた景色の中に、今、相麻菫はいる。

しばらく店の扉と時計を視線で往復していると、店員がエスプレッソを運んできた。白い陶器製の小さなカップに口をつける。ひどく苦い。考えてみれば今まで、エスプレッソを飲んだことはなかった。人の未来ばかりみていると、稀《まれ》に今の自分を見失う。

窓の方に視線を向けると、本来なら中学二年生の少女が映っていた。まるで背伸びをして喫茶店を訪れたような。そのことに緊張しているような子供にみえる。それが今の自分なのだ、と確認する。

――相手が、程よく見下してくれればいいけれど。

考えの足りない子供で、だが能力だけは有用だ。そういう風に考えてくれればいい。無理をして半分ほどエスプレッソを飲んだとき、喫茶店の扉が開いた。相麻はまた時計に視線を向ける。ちょうど午後七時三〇分。約束通りだ。

入って来たのは、笑みを張りつけた男性と、硬い表情の女性だった。男性の方は、三〇代の半ばから後半にみえる。女性はもう少し若い。

顔を合わせるのは初めてだが、ふたりとも知っている。浦地正宗と、索引さん。共に管理局員だ。

彼らはまっすぐ、こちらに向かって歩く。テーブルの隣に立ち、浦地が言った。

「君が二代目の魔女かな?」

「ええ。初めまして」

彼らは並んで、向かいの席に腰を下ろす。

ふたりぶんの冷水を持ってやってきた店員に、浦地はワッフルとミルクティーを、索引さんはホットコーヒーを、それぞれ注文する。

店員が立ち去ってから、浦地は言った。

「本人? 代理ではなく?」

「ええ」

彼は索引さんに視線を向けた。

索引さんは、「嘘ではありません」と答える。彼女は能力によって、嘘を見抜くことができる。いちいち目の前で確認してみせたのは、こちらに対する警告だろう。嘘をつくことは時間の無駄にしかならない。

浦地はざっとこちらの全身を眺める。

「君は、記憶を操作できる能力者にあったことがあるかな?」

二秒間。質問の意図を考えて、相麻は答える。

「あるわよ。でも、私の記憶は操られていない」

本人が嘘だと自覚していなければ、索引さんにも嘘を見抜くことはできないのだろう。事前に、嘘を真実だと信じ込んでいれば、彼女の能力には対処できる。とはいえ浦地にしてみれば、このやり取りは一種のポーズでしかないはずだ。彼はもっと深く、こちらを理解している。

浦地は頷《うなず》いた。

「信用しよう。ああ、気を悪くしないで欲しい。初めから疑っていたわけではないんだけどね。事務的なものだ」

「好きなだけ疑えばいいわよ、そんなの」

疑われるのは、信用されるために必要な手順だ。

――いや。信用も必要ない。

彼らがこちらを利用することを決めれば、それでいい。結果は変わらない。

浦地は楽しげに笑っていた。

「一か月間。私たちは、君についてなんの捜査もしなかった。こちらは君の指示に従った」

彼の言葉は、嘘だ。

浦地がどこまでこちらを調べているのか、知っている。彼はある方法で、万全に近い情報収集を行っている。

それを指摘しなかったのは、会話を長引かせたくなかったからだ。索引さんの前で、多くの言葉を語りたいとは思えない。

「貴方《あなた》たちに協力するわ。元々、そのつもりだったもの」

「ありがとう。ところで――」

浦地はポケットから黒い手帳を取り出して、開く。

そのページに視線を落として、言った。

「質問してもいいかな？」

「ええ。もちろん」

軽く頷いて、浦地は言った。

「どうして君は、管理局に対し、能力を隠しているんだろう？」

「支配されるのが嫌だからよ。私は、名前のないシステムのことを知っている。誰だってああはなりたくないと思うでしょう？」

「でも、君の方から私に接触した」

「それは貴方が、管理局ではないからよ」

彼は管理局員だが、管理局ではない。

「貴方はもっと、個人的な目的のために行動している。だから貴方は二代目の魔女の存在を隠した。管理局はまだ、私を知らない」

彼は笑う。

「つまり私たちの共通の敵は、管理局だということかな？」

「私は管理局を敵だとは思っていない。でも、そういう言い方をしてもかまわない」

会話の間、索引さんは無言だった。

彼女は詳細に嘘を探しているはずだ。だがそれはみつからないだろう。事実、こちらの言葉にひとつも嘘はないのだから。

手元のエスプレッソに口をつける。

「でも、浦地さん。管理局員が管理局を、敵だなんて言っていいの？」

笑顔のままで、彼は答えた。

「問題ない。誰も聞いていないさ」

「どうして？」

「物理的に不可能だ」

相麻菫は辺りを見渡す。そこにはまだ何人かの客がいる。もちろん、店員も。

だが、おかしい。彼らは皆、動きを止めていた。まるで相麻たち三人だけを置き去りに、時間が止まったように。辺りの人々は、不自然な体勢で静止していた。

――いや。違う。

ひとりだけ、動いている。黒いスーツを着た、地味な男。

加賀谷《かがや》という名の管理局員だ。機械的な歩調で店を横断し、浦地の隣に立つ。

彼はいつから、この店にいたのだろう？　思い返すが、わからない。入り口には注意を払っていたはずだから、相麻が店に入るより先か。

ともかく、なにが起こったのか、理解した。加賀谷が右手で触れたものは、決して変化しなくなる。彼は、相麻たち以外の、店内にいるすべての人の時間を止めた。

楽しげに笑う声が聞こえた。浦地の声だ。

「ずいぶん、驚いている様子じゃないか」

相麻は正面に視線を戻す。

浦地は首を傾げた。

「不思議だねぇ。どうして未来視能力者が、驚くことなんてあるのだろう？　君はすべてを知っているはずなのに」

「意地悪な質問ね、浦地さん。貴方の想像通りでしょう」

浦地は右手の中指で、トン、トン、とこめかみを叩《たた》く。

「つまり君には、この未来がみえなかった。そういうことでいいのかな？」

相麻菫は椅子の背もたれに体重を預ける。そのついでに、頷いた。

「そうよ。貴方を相手に、私の能力は機能しない」

電話越しに、浦地とは何度も会話している。それで相麻の、能力の発動条件は満たされていた。

なのに彼の未来を上手《うま》くみることができなかった。

――私の未来視は、会話している相手の、未来の記憶を覗《のぞ》きみる。

未来の相手に成り代わり、それから過去を思い出すように効果を発揮する。そんな能力だ。

「貴方は異常な方法で、私の能力に対処している」

「心外だな。とても正常で、論理的な方法だと思うけどね」

先月のことだ。

相麻が初めて浦地に連絡を取ってから、たった一週間ほどで彼は、こちらの能力に対処してみせた。

「貴方は、自分自身の記憶を定期的に破棄している。未来の貴方が記憶を持っていなければ、私の能力は機能しない」

浦地正宗は、即座にこの場面を忘れる。相手が覚えていないことを、相麻が思い出すことはできない。

正直、信じられなかった。

「自分の記憶を意図的に消し去るなんて、普通は思いつかない。思いついても実行できない。たった一冊の手帳だけを記憶代わりに生活するなんて、まともに考えれば不可能よ」

「一冊じゃない。二冊だ」

彼は手元の黒い手帳を閉じて、隣に立つ加賀谷に差し出す。加賀谷はその手帳を受け取って、まったく同じ外見の、だが別の手帳を新たに差し出した。

「手帳へのメモは元々、リセットと呼ばれる能力に対処するために始めたことだよ。だから手帳は二冊いる」

手帳をロックしておけば、リセット後に情報を持ち込むことができる。でも、ロックした手帳に文字を書き込むことはできない。常に一方の手帳にロックをかけておくために、彼は二冊の手帳を使いまわしている。

相麻菫は首を振る。

「一冊でも、二冊でもいいわよ。あっさりと自分の記憶を破棄できてしまうのは、異常で狂気的にみえる」

彼は平然と笑っていた。

「でも私の能力で、君の能力に対処する方法が、他にはなかった。手段がひとつしかないならそれを実行する。他にはどうしようもない」

やはり浦地正宗は、浅井ケイに似ている。

だが真逆の要素も持っている。浅井ケイは決して忘れない能力を手に入れた。浦地正宗は、能力を使い自身の記憶を破棄している。

――彼の能力は、ただ忘れられるだけではないけれど。

そういう使い方もできるなら、やはり浅井ケイの反対なのだと思う。

浦地正宗。

――彼は、優秀だ。

未来視能力者にさえ自身の未来を覗かせない。リセットでさえ彼からは情報を奪えない。そして彼の隣には、嘘をついたならただちにそれを指摘する女性がいる。

どこまでも彼にとって都合の良い状況が整っている。そしてこの状況が当然だという風に、浦地正宗は笑う。

「さあ、話を進めよう。君への質問には続きがある」

エスプレッソに口をつけようとして、やめる。緊張を気取られたくはなかった。

「なんだって答えてあげるわよ」

彼はじっと、こちらの瞳《ひとみ》を覗き込んだ。

「二代目の魔女。私の計画は、成功するのか？」

ずいぶん、ストレートな質問だ。

相麻菫は頷《うなず》く。

「貴方《あなた》の計画は成功する。私はその未来をみている」

浦地は乱暴な手つきでボールペンを動かし、手帳にメモを取る。

「そうか。では、もうひとつ」

浦地は手帳から視線を上げる。

彼の顔に張りついた笑みは、もう笑みにはみえなかった。

もっと冷酷で暴力的な表情にみえた。

「君は、私の計画を阻止するか？」

相麻菫は首を振る。

「いえ。私はなにもしない。この街から早く能力が無くなればいいと願っている」

嘘ではありません、と、索引さんが言った。

＊

手帳にはふたつの質問が書き込まれていた。

・私の計画は成功するのか？
・君は、私の計画を阻止するか？

共に単純な質問だ。

突き詰めれば、浦地正宗はこの単純な質問を投げかけるためだけに、二代目の魔女に会った。

二代目の魔女はひとつ目の質問を肯定し、ふたつ目の質問を否定した。彼女の言葉が嘘ではないことは、索引さんの能力によって証明されている。

浦地正宗は確信する。

――これで、決まりだ。

このふたつの質問に未来視能力者が答えるとき、その言葉は絶対的な意味を持つ。能力によって予見した未来を変更できるのは、未来視能力者自身だけなのだから。

彼女が計画の成功を予見し、彼女自身がそれに逆らわないなら、もう結末は確定している。

——私の計画は、確実に成功する。

逃れようもなく、絶対的に、成功することが約束されている。

2話　問題提起

1　一〇月二三日（月曜日）／午前八時三〇分

翌朝、浅井ケイは普段よりも三〇分ほど早い時間に目を覚ました。

それからブルーベリージャムを塗ったトーストだけの簡単な朝食を摂《と》り、シャワーを浴びて家を出た。

歩きなれた道を進む。

一車線しかない道路、日に焼けて灰色がかったアスファルト、黄色いポールのカーブミラー。車道と歩道を分ける白線は、ところどころ割れ目のように剝《は》げている。

春埼美空の家に到着したのは、午前八時三〇分を少し回ったころだった。

あくびが漏れる。朝は弱い。なのに待ち合わせの時間より、一五分も早く目的地に着いてしまった。

ケイは向かいの塀にもたれ掛かり、空を見上げる。すっきりと晴れた、良い天気だ。開放的な明るい水色は、きっとそのまま宇宙の果てまで繫《つな》がっている。

空を眺めながら、相麻菫の言葉を思い出す。

――これで、最後だから。たぶん、あと数日で、すべて終わる。

気に掛かる表現だ。すべて終わる。彼女の言うすべてとはなんだ？　いったい、なにが終わるというんだ？

考えていると、正面にみえていた扉が開いた。

春埼美空。彼女は小走り気味にこちらにやってくる。大きく開け放たれていた扉が、音を立てて閉じた。

笑って、

「おはようございます、ケイ」

と、彼女は言った。

ケイも微笑んで応える。

「おはよう。早いね」

「窓からケイがみえたので」

「そう。じゃあ、いこうか」

少し早いけれど、ここに立っていても仕方がない。

ふたり、並んで歩き出す。これから相麻の指示に従って、近くの通りでゴミ拾いをする予定だ。

「そういえば昨夜、坂上《さかがみ》さんから電話がありました」

と、春埼美空は言った。

「へぇ。それは珍しいね」

坂上央介《ようすけ》。中学生のころ、ケイたちの先輩だった。今は咲良田の外にある高校に通っていて、長期休暇でもなければこの街には帰ってこない。

「坂上さんに、相麻菫からの手紙が届いたそうです」

思わず、顔をしかめてしまう。坂上は相麻が再生したことを知らないはずだ。八月、坂上にも相麻を写真から連れ出す計画に協力してもらったけれど、彼はリセットによってその記憶を失っている。

彼の下に相麻が手紙を送った理由は、なんだ？

「どんな手紙だったの？」

「咲良田に来て欲しい、とだけ書かれていたようです。だから今は、この街に戻っているみたいです」

「誰かのいたずらだとは思わなかったのかな？」

「その可能性が高いと、坂上さんも言っていました」

「なるほど」

坂上央介は行動力のあるタイプではないけれど、相麻に関することに限れば別だ。二年前、相麻を生き返らせるために、彼だって管理局に反抗してみせたのだから。いかにも怪しい手紙に、怪しいとわかっていても釣られるくらいのことはする。

「なにか知らないか、と訊かれたので、知りませんと答えました」

今の時点では、その答えで正しいだろう。

「できればケイにも訊いてみて欲しいといわれたので、一応、伝えました」

「うん。ありがとう」

「どうして直接、貴方《あなた》に電話を掛けないのでしょう？」

「なんとなく気まずいんじゃないかな」

ケイは坂上に嫌われている。

それにケイ自身も、彼と話をするのは、少し疲れる。良い人だとは思うけれど、根本的な考え方が合わない。

「坂上さんは、もうしばらくこっちにいるの？」

「よく知りません。すぐに電話が切れました」

「そう」

「どうして相麻菫は、坂上さんを呼んだのでしょう？」

「まったくわからない」

いずれ彼の能力が必要になるのだろうか？　いったいどんな形で？　わからない。今はまだ、意識の片隅に留《とど》めるだけでいいだろう。

「それよりもまずは、相麻が僕に出した指示の意味を知りたいよ」

「ゴミ拾い、ですか？」

「うん。なにかびっくりするような落とし物をみつけるのかな」

こちらもゴミ拾いを始めてみなければわからない。

「彼女がケイに、理由を話さないのはなぜですか？」

しばらく考えて、ケイは首を傾げる。

「可能性は、いくつかある。僕が結果を知らない方が上手《うま》くいくことなのかもしれないし、結果を知ってしまうと相麻に従わないことなのかもしれない。なんにせよ僕は、彼女の言う通りにしようと思う」

春埼はこちらの顔を覗《のぞ》き込む。

「貴方は、相麻菫を信頼していますね」

躊躇《ためら》わず、ケイは頷《うなず》いた。

「そうだね。彼女がなにかを間違える場面を、僕には想像できない」

彼女はとても強くて、頭がよくて、しかも未来まで知っている。反則じみて優秀だ。プレイヤーが優秀なら、その手で操られる駒でいることに不満はない。

静かな口調で、春埼は答える。

「でも相麻菫は、二年前に間違えました」

二年前、彼女は死んだ。

「相麻は間違えたのかな」

「貴方は彼女の死が、正しかったと思いますか？」

わからない。彼女の事情も、目的も。でも――

「君が言う通りだね。正しくは、ない。どんな理由があったにせよ、一度死んで、生き返るようなことが、正しいとは思えない」

それが彼女にとっての最善だったのだと信じることはできるけれど。でもやはり、正しくはない。

「貴方は相麻菫のことになると、少しだけ冷静ではないように思います」

「そうかもしれない」

相麻はきっと、手段を間違えないけれど。

場合によっては、目的を間違えていることが、あるかもしれない。

「反省するよ」

そのことを疑わないのは、やはり危険だ。


目的地に到着してすぐ、ふたりはゴミ拾いを始めた。

みつかったものはコンビニのビニール袋、空き缶、タバコの吸い殻、丸められたファストフード店の紙袋、それに何種類かのフライヤー。ケイは軍手越しにそれらをつかんで、ゴミ袋に投げ込んだ。軍手は春埼が自宅から持ってきたものだ。

「なにか特別な落とし物がありましたか？」

と春埼は言う。

ケイは首を振った。

「どうやら新しくクレープ屋ができたらしいね」

フライヤーの中に、クレープ屋の広告が混じっていたのだ。チョコバナナ三七〇円。気になる情報といえば、それくらいだった。黄色い用紙にクレープのカラフルな写真とピンク色のポップな文字が並ぶフライヤーには心が躍るけれど、相麻の目的とは関係がなさそうだ。

「昼食はそのお店に行きますか？」

「いいね。サラダやソーセージなんかを使ったクレープもあるみたいだ」

なんだか平和な休日に、ただボランティア活動をしているような気分になってくる。それはそれで悪くないけれど、学園祭の片付けをしている人たちのことを思うと、少し心苦しい。これなら学校の廊下で掃除をしていてもいいんじゃないのか。

「いつまでゴミ拾いを続ければいいんでしょう？」

「終了時間の指定はなかったね。また連絡する、としか言われていないよ」

ケイは携帯電話で時刻を確認する。

だいたい、九時三〇分といったところ。九時になる少し前からゴミ拾いを始めているから、目につくゴミはすべて拾い終えていた。そもそも指示された場所が交差点ひとつだけなので、清掃にそれほど時間は掛からない。

ケイは視線で、道端にある自動販売機を指して言う。

「休憩しようか。なにか飲む？」

「私が買ってきます」

頭の中で会話の続きを予想して、春埼に頼むことになりそうだな、と判断する。

それでも一応、言ってみた。

「いいよ、僕が行く」

「ではふたりで行きましょう」

「どちらかは辺りの様子をみているべきだよ。なにが起こるかわからない」

「それなら、やはり私が買いにいくべきです。能力を考えても、周囲の観察はケイの方が適しています」

反論が思いつかない。詰将棋のようなやり取りだ。

ケイは財布から三枚のコインを取り出して、春埼に差し出した。

「缶コーヒーの、冷たい方を。少しだけ甘いのがいい」

「わかりました」

彼女はコインを受け取り、小走り気味に自動販売機に向かう。

ケイは交差点を、漠然と眺めた。

とくに変わったところはない。東西の方向に四車線の道路が延びていて、それなりの交通量がある。南北方向の道路は二車線しかない。向かいの角には小さなコインパーキングがあり、シルバーのワゴンがバックで向きを変えていた。

歩道は車道よりも一五センチほど高く、端に花を植えたプランターが並んでいる。コの字形に歩道橋があるけれど、それを利用する歩行者は少ないようだ。今も横断歩道の前で、信号待ちをしている男性がいる。

――この時間、この場所に、僕たちがいる意味があるのだろうか？

今のところ、なにも思い当たらない。

歩行者用の青信号が点滅し始める。歩道の向こうから、まだ幼い少女が走ってくる。

一〇歳ほどだろうか。小学校を卒業していない年齢にみえる。

信号が変わる前に横断歩道を駆け抜けようとしたのだろう、彼女は車道に出る直前、なにかに躓《つまず》いて、転ぶ。

――ああ。

思い出す。少女が転んだ位置は歩道のタイルが割れて、くぼんでいた。ゴミ拾いの途中で、ケイはそれをみつけていた。あの少女はそれで躓いたようだ。

バスが角を曲がり、目の前を通過する。それに隠れて、少女の姿がみえなくなる。

直後、異変が起きた。

視界がぐるりと回る。一瞬の混乱の後で、理解した。

――僕自身が、横を向いたんだ。

ケイは意図せず、七〇度ほど首を捻《ひね》った。頭の向きを正面に戻そうとしても、強い力で固定されたように動かない。眼球を動かすことさえできなかった。

――視界を中心に、身体が固定されている？

こんなことができるのは、能力の他には思いつかない。

どうしたものかと考えていると、空気が震えた。

ふたつの音が順に響く。まず甲高いブレーキ音。次になにか大きな物同士がぶつかり合う、鈍い音。

——事故だ。

だが、そちらをみることができない。視界は未《いま》だ固定されていて動かない。いったいなにが起こっている？

ケイは右手だけ軍手を外し、携帯電話を取り出す。首より下は自由に動かせるようだ。

一一九と番号を押したとき、ようやく視界が動いた。

首を撫《な》でながら、事故現場を確認する。交差点の角、駐車場から出ようとしたシルバーのワゴンに、紺色のセダンがぶつかっていた。

ほどなく、携帯電話から声が聞こえた。——救急ですか？　消防ですか？

「救急です。交通事故が起きました」

ケイは事故現場の住所と、目印になるような周囲の建物をいくつか伝える。次に事故の状況を説明した。

シルバーのワゴンからはすぐに運転手が降りてくる。だが後ろからぶつかった、紺色のセダンの方はわからない。ボンネットは大きくひしゃげていた。運転席の男性は、ハンドルを抱きかかえるような姿勢のまま動かない。

様子を告げながら、同時に思考する。

――相麻は、これを僕にみせたかったのか？

他にはないように思えた。だが、疑問が残る。

――彼女なら、事故を未然に防ぐことだって、できたはずだ。

シルバーのワゴン。あの運転手に一言話しかければ、未来は変わっただろう。駐車場から出る時間を、ほんの僅《わず》かにずらすだけでいい。未来視能力者なら、突発的な事故を回避するなんて簡単だ。

そして、ほんの一〇秒ほどだったけれど。

――確かに、視界を動かせなかった。

まるで事故現場を確認させないように、誰かがケイの視界を操作したように。超常的な、だがこの街ではありふれた、なんらかの能力を使ったように。

説明を終えて、電話を切る。

すぐ隣に春埼が並ぶ。彼女は両手で缶コーヒーふたつを持っている。

ケイは尋ねる。

「君は、事故が起きたところをみたか？」

つい強い口調になってしまう。

彼女は首を振る。

「いいえ。音が聞こえて、そちらをみようとしたけれど、みえませんでした」

「どうして？」

「理由はわかりません。交差点の方を向けませんでした」

ケイと同じだ。

「春埼。携帯電話を貸してもらえるかな？」

ケイの携帯には、消防局から連絡があるかもしれない。そのとき、話し中では問題だろう。

春埼は右手に持っていた缶コーヒーを左腕で抱えるように持ち替え、ポケットから携帯電話を取り出した。

受け取り、記憶している番号をプッシュする。

長いコール。やがて、寝ぼけたような声が聞こえてきた。

「なんだ？　お前が電話を掛けてくるなんて、珍しいじゃないか」

津島信太郎《つしましんたろう》。芦原橋高校奉仕クラブの顧問で、管理局員を兼任している。

「おはようございます、浅井です」

「お前の方かよ。じゃあ珍しくないな」

春埼の携帯から電話を掛けたから、勘違いしたのだろう。まぁ、そんなことはどうでもいい。

気になったのは、携帯電話の向こうから聞こえる音だ。低く重い音。エンジン音のように思えた。この時間、彼は学校にいると思っていたけれど。

様々な推測が脳裏をかすめる。だが今は彼に伝えるべきことがある。

「今、交通事故の現場にいます」

「ん？　登校してないのか？」

「学園祭の片付けはすっぽかしました」

「そういうことは、教師には誤魔化せよ」

呆《あき》れた様子でそう告げてから、彼は言った。

「で、事故がどうした？」

交通事故自体は、津島に連絡する種類のものではない。だけど。

「事故の発生と同じタイミングで、能力が使われた可能性があります」

もしも、事故と能力が関係しているのなら。それは管理局の仕事だ。

＊

浅井ケイとの短いやり取りの後で、津島信太郎は携帯電話を切る。

「失礼しました」

隣に座る男に向かい、軽く頭を下げた。

津島は今、車の後部座席に座っている。

運転席にいるのは索引さんだ。彼女のことはよく知っていた。管理局に入る前から面識がある。だが当時の彼女はまだ「索引さん」ではなかったから、その名前で呼ぶことには抵抗があった。

助手席には、この場にはそぐわない、中学生ほどの少女が座っていた。写真でだけ知っている、ある少女に似ていた。だが彼女は二年前に死んだはずだ。

──もし、こいつが相麻菫だとすれば。

浅井ケイは、二年前の目的を達成したのだろうか？　彼はこの少女を生き返らせるために、管理局と対立した。

──だが、それならなぜ、こいつが管理局員と一緒にいる？

どれだけ疑問に思おうと、それを口に出すことはできない。

津島の隣にいるのは、浦地と名乗った管理局員だ。

名前は聞いたことがある。管理局に明確な順列は存在しない。だから彼を言い表すなら、極めて大きな権限を持つ管理局員、だ。対策室と呼ばれる、もっとも自由に能力を運用できる部署がある。彼はその室長だったはずだ。

浦地はこちらを眺めて笑っていた。

「君は演技が上手《うま》い」

浅井ケイから──正確には、春埼美空の携帯電話から──着信があったとき、浦地から普段通りに振る舞うよう指示を出されていた。

だが、津島は首を振る。

「浅井ケイはこちらの状況を、おおよそ察したでしょう」

「へぇ。どうして？」

「エンジンの音が聞こえたはずです。本来なら私は、学校にいるはずの時間なのに、車の中にいる。管理局関係の仕事だと考えるのが妥当です。それに私は、自分で車を運転しているとき、電話には出ません。彼はそのことを知っています」

別の管理局員と共に、車で移動しているということまでは察しただろう。あるいはそれ以上のことも理解したかもしれない。だがそれは、津島にはわからない。

――俺にだって、この状況がわからないんだ。

今朝、目を覚ましたすぐ後に、索引さんから電話があった。

自宅で待機するように。そう指示を出された。

言われた通りにしていると、家の前に車が停まった。そして、今、対策室室長の隣に座っている。

訳がわからない。

すべての管理局員の中で、津島信太郎はもっとも対策室から――あらゆる能力を運用する対策室から、遠い位置にいるはずだ。

「電話の内容は？」

「交通事故が起こったそうです。事故そのものは、ありきたりなものです。でも能力が関係している可能性がある」

「へぇ。なるほど」

浦地は助手席に座る少女に視線を向ける。

「君の言った通りになった」

その少女は、奇妙に落ち着いた口調で答える。

「当然でしょう。私の能力を信用していないの？」

「いや。ただ、不思議なだけだよ」

「なにが不思議なのかしら？」

「どうして浅井くんが現場に居合わせたんだろう。君が指示を出したのかな？」

「いいえ。私は彼に、なにも伝えていないわ」

「本当に？」

「本当に」

そう答えて少女は、運転席の索引さんに視線を向けた。

「彼女は嘘をついていません」

と、索引さんは答える。

「偶然にしては、出来過ぎているように思うけどね。まぁいいさ」

浦地は再び、津島に向き直った。

「ところで君に、頼みたいことがあるんだ」

「なんでしょう？」

「一時的に、対策室に入って欲しい」

不思議な話だ。

「それは、人事部の決定ですか？」

「いや。その辺りには話を通していない。対策室は管理局内の人材を一時的に徴集する権限を持っている。あくまでその範囲のことだ」

津島は首を振る。

「それは、対策室が能力者を運用するためのルールです」

「うん。そうだね」

「私は含まれません」

浦地は笑った。

「どんな由来で出来たルールだとしてもね。あくまで管理局の人材すべてを対象にした権限だと明記されている。役職で例外はあるけれど、君には適用されるよ」

まったく、面倒な話だ。なにが起こっているのか知らないが、こんなわけのわからないことに関わりたくはない。

せめてもの反抗に、津島は意図してため息をついた。

「私を対策室に入れる理由が、わからない」

頷《うなず》いて、浦地は答えた。

「理由はふたつある。ひとつは、君がなんの能力も持っていないことだ」

「それがメリットになりますか？」

「なるよ。大切なことだ」

納得できないが、詳しい説明もないようだ。

津島は話を進める。

「ふたつ目は？」

「君が浅井くんにもっとも信頼されている管理局員だからだよ。彼が管理局と連絡を取ろうとすれば、君に接触するだろう」

浅井ケイ。

「彼はただの、高校生です」

対策室室長が気にするような相手じゃない。

だが浦地は、ゆっくりと首を振った。

「違うよ。能力者は、能力を持っているだけで特別だ。ただの高校生だなんてことはあり得ない」

それは反論しようのない事実だった。

だが、咲良田において、その事実を気に掛ける人はまずいない。

＊

救急車の到着を確認してから、ケイは事故現場を離れた。

ここにいてもできることはないし、間もなく警察官がやってくることは間違いないだろう。学園祭の片付けをすっぽかしてゴミ拾いをしていた理由を聞かれたとき、相手が納得するだけの答えを用意できる自信もない。

一度、春埼の自宅に戻ることにする。軍手を返し、集めたゴミを処理してもらうためだ。

家の前で、春埼は缶コーヒーをこちらにみせた。

「中で飲みますか？」

「いや。ここで待ってるよ」

「わかりました」

家の中に入っていく春埼を見送って、ケイは缶コーヒーのプルタブを開ける。苦く、仄《ほの》かに甘く、ミルクが多いのか口当たりは優しい。複雑な味だ。

二口目を飲んだとき、頭の中で、声が響いた。

――事故で死者は出ないわ。安心して。

相麻菫の声だ。

中野智樹の能力を使っていることは間違いないけれど、彼にはその記憶がない。相麻はなにをしたのだろう？　今、なにをしているのだろう？

小さな声で、ケイは尋ねる。

「あの現場に僕を居合わさせたことに、どんな意味があるの？」

――もうすぐわかるわ。あと少し。貴方《あなた》はこれから咲良田で起こることを、正確に知らなければならない。

「事故は能力によって引き起こされたようにみえた」

ケイたちと同じように、運転手の視界まで操られていたなら、それが事故の原因だと考えるのが自然だろう。

――今はまだ、なにも考えなくていい。ただ素直に、あるがままに事実を眺めて。

と、頭の中で、相麻は囁《ささや》く。

君はいったい、なにをさせようとしているんだ？　どんな未来に導こうとしているんだ？

そう尋ねたかったが、答えはもらえないだろう。

――さて。次のお願いよ。

「君のお願いは、いくつあるんだろう？」

――あとみっつ。ゴミ拾いも合わせてよっつ。

あと三回、ケイがみるべきなにかが、この街で起こるということだろうか。

――当分は自由にしていていいわ。次は午後三時。七坂《ななさか》中学校の近くにあるスーパーマーケットに行って、買い物をしてきて欲しいの。

リストを読み上げるように、彼女は食材を告げる。ニンジン、たまねぎ、鶏肉《とりにく》。チキンカレーの材料だな、とケイは思う。

――それと、ヨーグルト。

ヨーグルト？

まぁ、いい。買い物の内容には、それほど意味がないだろう。きっと、別のなにかがその先にあるはずだ。ゴミ拾いが交通事故に繋《つな》がったように。

――それじゃあまた。貴方が買い物を終えたころに。

その言葉を最後に、頭の中から、声が消えた。

ほとんど同時に、春埼の家の扉が開く。

「お待たせしました」

ケイは彼女に視線を向けた。

「相麻から連絡があったよ」

「次は、どこにいけばいいんですか？」

「当分は自由時間らしい。その辺りをぶらぶらしていよう」

本当に、学園祭の片付けをさぼって遊び歩いている風になってしまった。

心苦しいけれど、警察官に呼び止められたとき、相手を納得させるのは簡単そうだ。学校を休んで、女の子とデートしていました。抜群の説得力だ。

未来視能力者の指示に従って、事故の現場に居合わせましたなんていうより、ずっとわかりやすい。

2　同日／午後一時三〇分

中野智樹が芦原橋高校の校門を出たのは、午後一時三〇分になるころだった。

つい先ほど、学園祭の片付けを終えたばかりだ。重たいものを運んだせいか、腕の筋肉が少しこわばっている。両手を軽く振ってそれをほぐした。

「こんなに早く終わるんなら、今日も学園祭やればいいのにね。後夜祭みたいな感じで」

と、後ろを歩く皆実未来が言う。

「後夜祭ってなにすんだよ」

「なんだろ。キャンプファイヤーの周りでフォークダンス？」

「キャンプではないだろ。学園祭なんだから」

「あ、そっか。あのおっきな焚《た》き火って、なんていうの？」

「さぁな」

皆実は大げさにため息をつきながら首を振る。

「浅井くんなら即答だろうね」

「あいつは辞書を隅まで暗記してるからな」

「おお。能力の有効活用だね」

「どうかな。咲良田に来る前からだいたい覚えてた気もするよ」

「それはむしろスペックの無駄遣いだね」

いつの間にか隣に並んでいた皆実が、「ところで」と笑う。

「やっぱり浅井くんは、この街で生まれたわけじゃないんだね」

「知らなかったのか」

なら話すべきじゃなかった。智樹もよく事情は知らないが、ケイは咲良田にくる前のことと、この街に留《とど》まっている理由を隠したがっている節がある。

「なんとなくそんな気はしてたよ。浅井くんはひとり暮らしだから、なにか事情があるんだろうなって」

「あいつがひとりで暮らし始めたのは、高校生になってからだよ」

「あ、そうなの？　確かに中学生で両親と別って、へんだもんね。浅井くんだとあんまり違和感ないけど」

「で、そんな話をするためについてきたのか？」

別に、皆実と連れ立って教室を出たわけではないのだ。彼女はいつの間にかすぐ後ろにいて、極めて自然に会話が始まっていた。

皆実は首を振る。

「ううん。中野くんに訊きたいことがあったんだよ」

「なんだ？　好きな女の子のタイプか？」

「そんなどうでもいいことじゃないよ」

「胸が大きくて頭が良くてクールな年上が好きだ」

「おお、訊いてないのに言い切った。ストロングだね中野くん」

なんとなく褒められた様子なので満足して、智樹は尋ねる。

「で、なにを知りたいんだ？」

「三人目って、どんな人？」

「三人目？」

「浅井くんと、美空と、もうひとり。仲が良かった女の子」

足を止める。バスの停留所に到着したのだ。智樹はバスで通学している。

辺りに他の生徒の姿はない。今日は学園祭の片付けが終わったクラスから帰宅して良いから、下校時間がばらけているのだろう。

隣で足を止めた皆実に視線を向けて、尋ねた。

「そんなこと聞いて、どうするんだよ？」

「どうもしないよ。気になるだけ」

「気にするな」

「無理だよ。美空が気にしてたから」

真面目な顔をして向かい合っているのがなんだか馬鹿らしくなって、智樹は停留所のベンチに腰を下ろす。皆実は隣に立っていた。

「お前、そんなに春埼と仲良かったか？」

「んー。正直、友達だから気になるっていうわけじゃないかな」

「じゃあなんだよ？」

「単純な好奇心。UFOを探すのと一緒」

智樹は内心でため息をつく。

皆実未来は、なんだか好きになれない。初めて会った時からそうだ。

そこそこ仲の良いクラスメイトで、雑談している分にはむしろ気の合う相手ではあるけれど。この少女の内側には、智樹には共感できないなにかがある。ずっとそんな気がしている。無邪気な笑顔も、能天気な言動も、きっとみんな偽物だ。

「友達のことを、UFOと一緒にするんじゃねぇよ」

苦笑に似た表情で、彼女は笑う。

「中野くんは、恰好《かっこう》いいなぁ」

「真面目に言ってるんだよ」

「知ってるよ。だからだよ。浅井くんと一緒にいて、よくそんなに普通でいられるね」

「意味わかんねぇよ」

「そうかな。やっぱり、浅井くんは特別だよ。美空もそう。どこか根っこの、深いところが特別なんだと思う」

それは、わかる。あのふたりは特別だ。

同じように相麻菫も、あちら側の人間だったんだと今なら思う。

皆実未来は続けた。

「客観的にみて、中野くんも凄《すご》いと思う。運動も、音楽もできる。絵も上手《うま》いよね。意外と成績も悪くない。実は結構、凄い人だよ」

「そんなのどうでもいいんだよ」

「うん」

彼女は平然と、頷《うなず》いた。

「中野くんは凄いけど、でもやっぱり、普通の高校生にみえる。浅井くんみたいに特別な感じはしない。中野くんがどれだけ凄くても、浅井くんの方が天才的にみえる」

「そんなこと、わかってるよ」

「なら、どうして？　嫉妬《しっと》しないでいられるの？」

彼女の言葉を聞いて、智樹は笑う。

皆実未来には共感できないなにかがある。明るい彼女の裏側に、得体のしれない本心を隠している。ずっとそう思っていたけれど。

――なんだ。意外と、単純じゃないか。

このくらいなら、理解して、共感できる。

「そういうのはもう、ずっと昔に終わったんだよ」

「終わった？　なにが？」

「嫉妬が。だいたい四年前、初めてケイに会ったころ、オレはあいつが大嫌いだった」

中野智樹にとって、いちばん嫌いな人間が浅井ケイだった時代がある。

心が空っぽで、気持ち悪くて、人間のふりをしている怪物みたいだ。浅井ケイのことをそう思っていた時代がある。

「なにがあって、嫌いじゃなくなったの？」

「喧嘩《けんか》して、仲直りした」

「それだけ？」

智樹は頷く。

「浅井ケイと喧嘩するのがどれだけ凄いことなのか、お前は知らない」

「ま、怒らせたら怖そうだなとは思うけど」

「違うよ。そもそも怒らないんだ、あいつ。今は春埼になんかありゃ怒るだろうけどな。四年前は、本当に怒らなかった」

「でも、中野くんは怒らせたの？」

「それだけじゃないぜ」

思い切り笑って、智樹は言った。

「オレの方から仲直りしてやった」

これがどれだけ凄いことなのか、きっと誰にもわからない。

皆実はしばらく、じっとこちらを眺めてから、満足げに頷いた。

「なるほど。じゃあ、中野くんは私の先輩だね」

先輩？

「意味わかんねぇな。ケイと喧嘩したいのか？」

「考えてなかったけど、それもいいかな」

通りの向こうから、バスが近づいてくる。まだ距離があるから、その動きは緩慢にみえる。そちらを眺めながら、皆実は言った。

「私は、どんな形でもいいから、特別な人と関わりたいの。吸血鬼に噛《か》まれたいシンドロームだよ」

わけがわからない。

「やっぱりお前は、変わってる」

「そうかな。運動部のマネージャーになりたい心理と変わらない気がするけど」

彼女がそう言い終わるころには、バスはもう目の前まで近づいていた。

智樹はベンチから立ち上がる。

バスが停車した。空気が抜けるような音を立てて、ドアが開く。

「じゃあな。また明後日《あさって》」

明日は日曜日に学園祭があったぶんの代休だ。

智樹は手を振り、バスに乗り込む。

空いていた席に腰を下ろした。すぐ隣に、皆実が座る。

「帰り道にバスに乗るのって、慣れてないから、なんかドキドキするよ」

と、彼女は言った。

「なんでお前まで乗ってんだよ？」

「決まってるでしょ」

呆《あき》れた風に首を振り、それから彼女は笑った。

「まだ三人目がどんな人だったのか、聞いてないよ」

「絶対に話さねぇ」

智樹は彼女から目を逸《そ》らすために、窓の外に目を向ける。

バスが走り出す。

まだスピードが出ていない。ゆっくりとした速度だ。隣の車線を、小型の乗用車が追い抜いて行く。

その乗用車の助手席から、目を離せなかった。

皆実が言う「三人目」が、そこにいた。

＊

バスの席に座ったとたん、中野智樹の様子が変わった。

奇妙に真剣な表情を浮かべ、なにを尋ねても「ああ」や「うん」としか答えない。こちらの言葉を聞いていないことは明白だ。

皆実未来は内心で顔をしかめる。

――中野くんは、私に似た人だと思っていたんだけどな。

特別な人の近くにいられるのは、同じように特別な人か、あるいは特別に憧《あこが》れる人だろう。そう予想していた。でもどうやら違ったようだ。

「ねぇ、どうして中野くんは、浅井くんと喧嘩したの？」

そう尋ねてみたけれど、やはりまともな答えは返ってこなかった。

――ま、いいや。

知りたいことを知るのには、もっと適切な人物がいる。彼なら皆実の質問に答えないということはないだろう。

結局、皆実は、ふたつ先の停留所で降車ボタンを押した。商店街の近くにある停留所だった。

「じゃあね、中野くん」

そう告げて、皆実はバスを降りる。

公衆電話に向かわなければならない。

＊

午後二時一五分に携帯電話が鳴った。

そのとき浅井ケイは、昼食のツナサラダクレープに嚙みついていた。街角にある小さなクレープ屋の前、小規模なオープンカフェのようなスペースだった。

携帯電話を取り出して、通話ボタンを押す。

電話の向こうからは、中野智樹の声が聞こえた。

「よう」

彼の声は、普段よりも小さくて、なにかを躊躇《ためら》っている様子だ。だからケイの方から話し始める。

「やあ。学園祭の片付け、お疲れさま。大変だった？」

「たいしたことないよ。ちょっと腕が疲れただけだ」

「参加できなくてごめんね」

「それはいいけどな。今、なにしてんだ？」

「春埼と一緒にクレープを食べている」

「めちゃくちゃハッピーだな。なんか面倒な用があるんじゃないのかよ」

「昨日も言ったでしょう。今日の用件は、デートみたいなものだよ」

で、どうしたの？　とケイは尋ねる。

智樹は口を閉じたままうめくような声を出して、それから言った。

「お前にわざわざ話すほどのことでもないけどさ」

「わざわざ隠すほどのことじゃなければ、話しておけばいいよ」

「ん。帰り道、皆実に相麻のことを訊《き》かれたんだ」

「へぇ」

少し意外だ。

「皆実さんは相麻を知ってたの？」

「中学生のころ、お前と仲の良かった女の子が、春埼の他にもうひとりいたってことだけな。それが誰なのか知りたがってた」

「なにを話したの？」

「なにも話さなかったよ」

「君ならそうだろうね。ありがとう」

智樹が喋《しゃべ》らなくても、相麻のことを調べるのはそう難しくないだろう。二年前の夏に彼女が死んだことは、七坂中学校出身の同級生に話を聞けばすぐにわかる。

そんなこと、智樹だって知っている。

でも彼がなにも話さなかったのは、こちらに対する気遣いというか、誠実さのようなものだろう。あまり好奇心で詮索《せんさく》するべき話題ではないから。

「それで？」

と、ケイは尋ねた。

「昨日、言ってただろ？　オレの能力で声が届いたって」

「うん」

「それ、相麻の声か？」

その通りだ。ケイは否定する。

「違うよ。さすがに君でも、死んだ人の声は届けられないでしょ」

「ああ、そうだな。でもみたんだ」

――みた、か。

尋ねるまでもないことだが、尋ねた。

「なにを？」

「相麻だよ」

「あり得ない」

「オレもそう思うよ。たぶん、見間違いだ。でも気になった」

相麻菫が再生したことを、智樹に伝えるべきではないだろう。相麻の目的はまだわからない。わからない以上、智樹を巻き込みたくはない。

呆れながら話に付き合うような、なるたけさりげない口調で、ケイは尋ねた。

「いつ、どこでみたの？」

「今日の帰り道、ちょうど皆実からあいつのことを訊かれていたときだ。オレはバスに乗っていて、すれ違った車にあいつが乗っていた」

適当に誤魔化すつもりだったけれど。

車に乗っていた。それは、無視できない情報だ。

「他に乗っていた人は？」

「ん？」

「まさか、相麻が運転していたわけじゃないでしょ。見間違いだとしても無理がある」

写真の中から現れた相麻は、まだ中学二年生なのだから。ひとりで車に乗ることはできない。少なくとも運転席には、別の誰かがいたはずだ。

「ああ、ちょっと待て。思い出すから。相麻は助手席にいたんだ。確かあと、ふたりいた。運転席と、後部座席にひとりずつだ」

助手席というのは、ゲストの席順ではない。

相麻以外のふたり――一方は運転手だとして、もう一方が相麻と話をするなら、共に後部座席に座るはずだ。相麻をどこかに送り届けるだけなら、彼女ひとりが後部座席に座るのが自然に思える。

ケイは席順から三人の関係を予想しようとして、やめた。さすがに根拠に乏しい。

智樹がゆっくりと続ける。

「顔はみえなかったと思う。でも、たぶん運転席にいたのは女で、後部座席にいたのは男だ」

「どうしてわかったの？」

「なんとなくだよ。体格とか」

「ふたりの服装は？」

「地味な色のスーツだったと思う。意識してなかったから、よく覚えてない」

「どんな車だった？」

「軽自動車だよ。玩具《おもちゃ》みたいな。深い青色の車だった」

「ナンバープレートは？」

「そんなの、みてるわけないだろ」

「車とすれ違った場所はどこ？」

「高校の近くのバス停。バスが発車してすぐ、追い抜いて行った」

「同じ方向に進んでいたんだね？　対向車線じゃなく」

「ああ。そうだ」

「他に気づいたことは？」

「特にない」

「なるほど。ありがとう」

他に、尋ねるべきことも思いつかない。

「なにかわかったか？」

「なにもわからない。正直なところ、まだ君の見間違いじゃないかと疑ってる」

「オレもだよ。でも」

抑えた口調で、彼は言った。

「お前は、なにか知ってるんじゃないか？」

「なにかって、なにさ？」

「わからないよ。でも、昨日お前は、相麻に言葉を届けようとした。あいつが生きていることを、知ってたんじゃないか？」

それに関しては、油断していた。

相麻菫が自身の存在を隠そうとしているなら、智樹が彼女に気づくことなんて、あり得ないと判断していた。

「僕は本当に、天国にいる彼女に声を届けたかっただけだよ」

とケイは答えた。

その言葉が嘘だということに、智樹は気づいただろう。

だが彼は、軽い口調で言った。

「そっか、わかった。それだけだ」

じゃあな、と言って、電話が切れる。

向かいの席に座って、黙々とクレープを食べていた春埼が口を開いた。

「なんの話ですか？」

「クレープを片手に持ってするのには似合わない話だよ」

そう答えて、ケイはツナサラダのクレープに噛《か》みついた。

クレープ屋で時間を潰《つぶ》してから、スーパーマーケットに移動した。相麻に指示された通り、カレーの材料を買うためだ。

ちょうど午後三時になったとき、ケイは右手に緑色の買い物かごをさげていた。春埼は透明なビニールに包まれたニンジンを、そのかごの中に入れて、首を傾げた。

「じゃがいもはメークインですか？　男爵ですか？」

「カレーにはメークインの方が一般的かな。でも相麻の指示に、じゃがいもは含まれていない」

ケイもカレーにじゃがいもを入れる習慣がなかった。育った環境の違いだろう。野菜売り場でたまねぎを、精肉売り場で鶏肉《とりにく》をかごに入れ、それからカレールーと缶入りのトマトの水煮を探す。途中で、いちばん小さなサイズの米もかごに入れた。

春埼について歩くだけで、目的のものがみつかる。

「よく場所がわかるね」

「スーパーの商品の並べ方には法則があります」

「それは、どの店でも同じなの？」

「だいたい同じです。缶に入ったトマトの水煮は、パスタコーナーの近くにあるものです」

なるほど。説得力のある話だ。

ケイはトマトの水煮を買い物かごに入れる。後はヨーグルトだけで、相麻に頼まれた買い物は終了だ。

――とはいえ、このままなにも起こらないとは思えないけれど。

そう考えながらヨーグルトを目指して歩き出したとき、前方にお菓子のコーナーがみえた。首の後ろで髪をくくった女性がしゃがみ込み、真剣な表情でその棚を睨《にら》みつけている。

知っている女性だ。

ケイは内心でため息をつく。

――彼女は、予想外だったよ。

宇川沙々音《うかわささね》が、そこにいた。

つい足を止めたケイの隣で、春埼も立ち止まる。

「彼女に会うことが、買い物の目的ですか？」

「まだわからない。でも、都合がいい」

「都合？」

「宇川さんに聞きたいことがあるんだ。ちょっと話をしてくるよ」

ケイは宇川沙々音の方へ向かう。

すぐ隣に立っても、宇川はこちらに気がつかなかった。

「こんにちは、宇川さん」

声をかけてもまだ、彼女はチョコレート菓子から目を離さない。

「その声は浅井だね？」

「ええ。咲良田にいたんですね」

「二週間くらい大学に行ってたけどね。またもう少し、管理局の手伝いをすることになって、呼び戻された」

「なるほど。ところで、なにを悩んでいるんです？」

「一口サイズのスニッカーズがあるんだ」

「ありますね」

それは彼女の目の前にある。一口サイズにカットしたスニッカーズが、よっつセットでパッケージされている。

「これをみるたびに、いつも考え込んでしまう。一口サイズのスニッカーズは、本当にスニッカーズと呼べるのだろうか？」

「もちろん呼べると思いますが」

パッケージにも特徴的な青いロゴで、大きくスニッカーズと書いてある。

彼女はしゃがみ込んだまま、ようやくこちらを見上げた。なんだかひどい裏切りを受けたような、悲痛な表情を浮かべている。

「でもスニッカーズの魅力は、嚙みちぎる時のねっとりとした感触でしょ」

「おや、宇川さん。スニッカーズの、食感以外のすべてを否定するつもりですか？」

彼女はふるふると首を振る。

「そんなわけがない。キャラメルのコクも、ヌガーのべたつく甘さも、ピーナッツの香ばしさも、もちろんチョコレートの仄《ほの》かな苦みも。ぜんぶ、魅力的だ」

「なら一口サイズでもいいじゃないですか」

「それでも私には、あの嚙みちぎる快感を捨てることができないんだよ」

「結局、オーソドックスなサイズの方を買うんですね？」

「でも、よく考えてみてほしい。一口サイズの方が、表面積の割合が大きいはずだ。それに比例して、コーティングしているチョコの割合も増えている」

「なるほど。悩ましい問題ですね」

心の底からどうでもよかったけれど、とりあえずそう答えておく。

しばらく観察していると、宇川はふたつのサイズのスニッカーズを両方とも買い物かごに放り込んだ。豪快な解決方法だ。

みると彼女の買い物かごには、他にも様々な種類のチョコレート菓子が入っている。ポッキー、キットカット、コアラのマーチ。そのあたりが、宇川のお気に入りのようだ。

「そんなに食べて、よく太りませんね」

彼女は変わらずしゃがみ込んだまま、次のチョコレート菓子を物色しながら答える。

「たくさん歩いているからね」

「でもこの間、車に乗っているのをみましたよ。深い青色の軽自動車」

実際にそんな場面を目にしたわけではないけれど。

前回、夢の世界で宇川と出会ったとき、彼女は索引さんたちと一緒に行動していた。相麻が乗っていたという車が、索引さんたちが利用しているものなら、彼女も乗り合わせたことがあるかもしれない。

「そりゃ、いつも歩いてるわけじゃないよ」

「あれは管理局の手伝いですか？」

「いつのことだか知らないけど、青い軽自動車ならそうだと思う」

なるほど。

もちろん青い軽自動車なんて、何台も走っているだろうけれど。状況を併せて考えれば、相麻は今、索引さんたちと共に行動している可能性が高い。

ケイはさらに尋ねる。

「運転していたのは、索引さん？」

「たぶん。加賀谷さんじゃなければ、索引さんだ」

「加賀谷さんって、誰ですか？」

「管理局の人だよ。私もよく知らない。それにね、あんまり管理局のことは、話しちゃいけないことになってるんだ」

「ああ、それはそうでしょうね。失礼しました」

ま、こんなところだろう。

ケイは話題を変える。宇川に確認したいことは、もうひとつあった。

「ところで、宇川さん。どうしてこのスーパーに？」

「それはもちろん、チョコレート菓子を買うためだよ」

「それだけですか？」

「うん。スーパーに来るのに、それほどたいした理由はない」

「たとえばこの辺りにいるように、管理局から指示を受けたりはしていませんか？」

「まったく。ところで――」

ふいに宇川は立ち上がり、こちらをみた。

「質問がだんだん、直接的になってきたね。なにか調べてるの？」

ケイは彼女の瞳《ひとみ》を覗《のぞ》き込み、答える。

「好奇心で、少しだけ。ある出来事に、宇川さんが関わっているんじゃないかと予想しています」

本当は、なにも予想なんてしていない。

宇川とこの場所で出会ったのが、ただの偶然なのか。それとも彼女と会うことが、相麻菫の目的なのか。あるいはケイと同じく「なにか」の現場に居合わすために、宇川もこの場所に導かれたのか。

それを知りたいだけだ。

いつものように揺らぎのない瞳で、彼女は言った。

「ある出来事って、なに？」

「秘密です」

実はケイにも、なにが起こっているのかわからない。

「それじゃあ、答えようがない」

「少しも心当たりはありませんか？」

「まったくないよ。意味がわからない」

「本当に？」

「本当に」

言葉に意味はない。

ケイは宇川の瞳を観察していた。彼女はなにか隠していないのか。

でも。

――ま、わかるはずもないか。

ケイは知人の表情を観察するのが得意だ。それは相手のあらゆる表情を記憶しているからだ。だが、宇川沙々音相手では意味がない。

――彼女は僕の前で、嘘をついたことがないから。

サンプルがない。今だって、普段となにも変わらないようにみえる。苛立《いらだ》つことも、不審に思うこともなく、淡々と会話に応じているように。

微笑んで、ケイは告げた。

「すみません。どうやら僕の、勘違いみたいです」

「事情を教えてよ。気が向いたら、手伝ってあげる」

「ありがとうございます。でも、もう少しひとりで考えてみます」

「そう。ちょっと気になるな」

それでは、春埼を待たせているので、と告げて、ケイは宇川に背を向けた。

ぎりぎりまで彼女の瞳を観察していたけれど、やはりなにもわからなかった。

通路の向こうに、春埼がいる。彼女は微笑み、胸の前でヨーグルトを掲げてみせた。

宇川と話している間に取ってきてくれたらしい。ケイも素直に笑って、彼女に向かって歩く。

途中、言い争いをする親子とすれ違った。母親と男の子だ。聞くつもりもなかったけれど、そのふたりの会話が聞こえた。

どうやら男の子の主張によれば、母親がお菓子を買ってくれると約束したようだ。だが母親は、そんな約束はしていない、嘘をついてはいけないと男の子を叱っている。

いったい、どちらが勘違いをしているのだろう。――「テストでいい点をとったから買ってくれるって言ったよ」「テストがあったのは、先月でしょう?」。不思議なすれ違いだなとケイは思う。

だが春埼に近づくと、親子の声は聞こえなくなった。事件は迷宮入りだ。

春埼はヨーグルトを、ケイが持っていた買い物かごに入れた。

「宇川さんと、なんの話をしていたんですか？」

「主に、スニッカーズのアイデンティティについてだね」

「不思議な話題ですね」

「それから、車の話をした」

「相麻菫が乗っていた車？」

「うん。索引さんたちも、青い軽自動車を利用しているらしい」

さて、会計を済ませれば、買い物は終了だ。

レジに向かって歩きながら、ケイは考える。

――結局、相麻は僕と宇川さんを出会わせるために、買い物を指示したのかな？

今のところ、これしかめぼしい出来事がない。ではチキンカレーの食材を揃えさせた理由はなんだ？　ただの気まぐれだろうか。

そう考えていたときだった。

ふいに、笑い声が聞こえた。

最初はひとつ。だがすぐに波紋のように広がり、いくつも、いくつも。

重なる笑い声は地鳴りのようだ。気がつけばケイも笑っていた。隣の春埼も笑う。大声を上げて。あり得ない。

笑いながら、ケイは考える。

――能力だ。

ありえない事が起こったなら、その原因は、能力だと考えてまず間違いない。

客も、店員も、合わせて。

スーパーマーケットの中に、無数の笑い声が響き渡っていた。

＊

「そろそろ、二件目が起こる時間ですね」

と、運転席の索引さんが言った。車が赤信号で停まったタイミングだった。

相麻菫は時計を確認する。午後三時一二分。浅井ケイは今、スーパーマーケットにいるはずだ。彼はそろそろ、いくつかのことに気づくだろう。

後部座席から声が聞こえた。

「加賀谷に連絡する。携帯電話を貸してもらえるかな？」

そう言って、浦地が手を伸ばす。索引さんはダッシュボードの上にあった携帯電話を彼に手渡した。

加賀谷。あの寡黙な管理局員は今、岡絵里《おかえり》と共に行動しているはずだ。浦地が問題の材料を用意して、加賀谷と岡絵里がそれを最適な形に加工する。そのサイクルが出来上がっている。

相麻の役目は彼らの計画に不備がないかを調べることだ。未来視能力を使って。だがそれはあまり意味のあることではなかった。計画の結果は確定している。

――私の役目は、すでに終わっている。

窓の外に視線を向けた。空はよく晴れている。だが明日には雨が降ることを、相麻菫は知っている。

明日の雨は昼過ぎに一度降り止み、だが夜にまた降り始める。

二度目に雨が降ったとき、浦地正宗の計画は完了する。

あと、もう少しで、すべて終わる。

――私は彼女を恨み続けていたことさえ忘れることができる。

世界でいちばん嫌いな、少女。

愚かで、身勝手で、どうしようもないくらいに弱い彼女が、すべての黒幕だ。なにもかもを計画し、ケイを操っている。

だが、それもやがて終わる。

――私はもうすぐ、楽になる。

大嫌いな彼女と同じように、すべてを忘れて、解放されるだろう。

――物語の結末を、私はただ待っている。

そのときがやがて来ることが、言ってみれば、唯一の救いだ。

＊

普段使わない筋肉を使ったせいか、胸の辺りが少し痛い。大声で笑うのは意外に重労働だなど、春埼美空は考える。

春埼はスーパーマーケットからの帰り道を歩いていた。すぐ隣にケイがいる。彼は右手に、チキンカレーの食材を入れたビニール袋を提げていた。持ちましょうかと言ったけれど、渡してもらえなかった。

春埼は尋ねる。

「あれは、事故ですか？」

あれというのは、スーパーにいた誰も彼もが唐突に笑いだしたことだ。

ケイは普段とそう変わらない口調で答える。

「事故なのか事件なのかはわからない。でも管理局にしてみれば、問題だろうね」

「能力が関係しているからですか？」

「うん。不特定多数の人間が、能力の被害に遭った。みんなで一緒に大笑いした、なんてなにが問題だかわからないような被害でもね」

彼は一度言葉を切って、僅《わず》かに目を細めてから、続ける。

「管理局が、能力を管理しきれていない。そうみえることが問題だよ」

それはおそらく、今朝の交通事故にも言えることだろう。能力が原因で事故が起きたのだとすれば、それは管理局の責任だ。

「これから、どうしますか？」

その質問は、今回の出来事に対して、なにか調査を行うのか。行うとすればなにをすればいいのかと尋ねたものだ。

もちろんケイもそれを理解しているだろう。

なのに、彼は言った。

「とりあえず、君を家まで送ろう」

春埼は首を傾げる。

「まだ四時にもなっていませんよ？」

「少しひとりで考えたいんだ」

ああ、彼は、考えるべきなにかをみつけたのか。

それが、今回の出来事の本質なのだろう。春埼には見当もつかないけれど、浅井ケイは咲良田でなにが起ころうとしているのか、理解したのだ。

――つまり、相麻菫が浅井ケイにみせようとしているものの正体を、理解した。

そういうことだと思う。

「なにが、わかったんですか？」

「なにもわからない。なんとなく予想しただけだよ」

「貴方《あなた》の予想を教えてください」

「話せないよ」

「どうしてですか？」

「それも、話せない」

春埼は少しだけ顎《あご》を上げて、じっと彼の瞳《ひとみ》を覗《のぞ》き込む。

綺麗《きれい》な目だ。彼は以前、春埼の目をガラス球みたいだと表現したけれど、彼の目はもっと複雑だ。あらゆる色を含んだ黒。海の向こうの水平線みたいな。それは様々な要素を抱き込んでいるけれど、傍目《はため》には純粋にみえる。

春埼美空は言った。

「ケイ。私たちの能力は、ふたつ揃《そろ》わなければ、大した意味がありません」

「うん」

「今までだって、何度もリセットしてきました」

「そうだね」

「どうして今回は、話せないのですか？」

できるならすべて知りたかった。

彼はしばらくこちらをみつめ返す。息を吸って、吐いた。

「相麻は全部で、よっつの指示があると言った。まだ、あとふたつ残っている。もっと危ないことが起こるかもしれない」

「それは、今朝の時点でわかっていたことです」

「うん。でも、ちょっと甘く考えていた。僕たちは事件現場に居合わせるだけだろうと思っていた。でもね、スーパーマーケットでは、君も事件に巻き込まれた」

「事件というほどのものではありません」

ただ、大声で笑っただけだ。被害は胸の筋肉が痛くなった程度だ。

ケイは視線を前方に向ける。

「それでも、危機感を覚えるべきタイミングなんだと思う。ここで君が傷つく可能性に怯《おび》えなければ、本当に君が傷つくまで、進み続けることになるよ」

小走り気味に歩く、三人の小学生とすれ違う。ランドセルが笑うように揺れている。

春埼は足元に視線を落とした。

「魔女のときは、危険でもリセットを使いました」

「あのリセットには目的があったよ。僕には他の方法を思いつけなかった」

「今回は、目的がないのですか？」

「今朝の交通事故を回避するために、いずれリセットを使ってもらうかもしれない」

「でも、問題はそれだけじゃないんですね？」

ただ事故を回避するだけなら、これ以上なにかを調べる必要もない。

――きっとあの事故は、問題のほんの一部なのだろう。

まだ春埼の目にはみえないところに、もっと大きな問題がある。

「この街で、僕が予想した通りのことが起こっているとして。それでもまだ、僕がすべきことが、わからないんだ。答えがわからないから、君を巻き込むような覚悟も持てない」

「問題は複雑ですか？」

「いや。とてもシンプルだよ。でも答えがみつからない」

「その問題についても、秘密ですか？」

「少しだけ、ひとりで考えてみたいんだ」

彼が危険から春埼を遠ざけたいというのなら。

――私だって、貴方を危険から遠ざけたい。

当たり前だ。

「大丈夫だよ」

ふいに、彼は微笑む。

「僕が本当に困ったときは、君に助けてもらうから」

仕方がないので、春埼は頷《うなず》く。

――結局、彼を信じるしかないのだ。

この二年間、そうしてきたように。信じ続けることしかできない。

3 同日／午後四時

自宅に戻った浅井ケイは、まず、チキンカレーの材料を冷蔵庫にしまった。

缶詰めのトマトの水煮は、冷蔵する必要はないだろう。米はどうだろうか。一応、入れておいた方がいいのかな？　そんなことで迷っていると、携帯電話が鳴った。

モニターには「非通知《ひつうち》」と表示されている。応答して、携帯電話を耳に当てる。

電話の向こうから、無機質な女性の声が聞こえる。

「やあ、ケイ。久しぶりだね」

――非通知くん。

声を変えているけれど、彼は男性だ。決して姿を現さず、電話でのみやり取りできる、都市伝説のような情報屋。

ケイはクッションに腰を下ろして答える。

「お久しぶりです。貴方の方から連絡がくるのは、珍しいですね」

「最近、君が電話をくれないからね。トモダチ付き合いにはもっと小まめに気を遣った方がいいよ？」

「それなら、一緒にどこかに出かけましょうよ。映画でも食事でもかまわないから」

「嫌だよ。君、車が走った後の空気がどれだけ汚いか知ってる？」

「貴方よりよく知ってますよ。ついさっきまで体験していました」

「ひどいもんでしょ」

「そうでもないけれど」

「麻痺《まひ》してるんだよ。喫煙者がタバコの煙を気にしないのと一緒だ」

彼は極度の潔癖症で、よほどの理由がない限り自宅から出ない。なにかを食べることすらできない。大変な人生だなと思う。

「で、なんの用です？」

彼は、んー、と唸《うな》り声を上げた。

「君、なにか欲しい情報はない？」

「ありますよ。ちょうど貴方に連絡を取るべきか、迷っていたくらいです」

「よし。それについて教えてあげよう。代わりに欲しいものがあるんだ」

「なんです？」

「相麻菫の顔写真」

心臓が跳ねた。

まさか彼から、相麻の名前を聞くとは思っていなかった。

——非通知くんは、なにをどこまで知っている？

なぜ、相麻について調べる？

考えて、思い当たった。

「皆実さんからの依頼ですか？」

皆実未来。彼女と非通知くんには繋《つな》がりがある。

七月、ある事件の影響で、非通知くんは皆実未来を死なせた。その事実はリセットによって消え去ったけれど、彼も彼女も、一方が加害者で一方が被害者だということを知っている。皆実に頼まれたなら、非通知くんは断れないだろう。

「その通り。よくわかったね」

「友達から聞いてたんですよ。皆実さんが相麻について調べていることを」

「正確には、中学生のころ君と仲がよかった、春埼美空以外の女の子について、だね」

「よく相麻だとわかりましたね」

「そんなのは一〇分でわかったよ。一緒に写真も欲しいって言われているけど、個人の写真ってネットじゃ難しいんだよ。物を集めるのは得意じゃないから、もういっそ君にもらおうと思って」

極度に潔癖症な彼はまず部屋から出ない。

だから写真一枚手に入れるのが面倒なのはわかるけれど。

「仕事が雑じゃないですか？」

相麻に関する調査を、こちらに直接話すのか。

「別に極秘で調べるようなものでもないでしょ。ラブロマンスの坩堝《るつぼ》を覗《のぞ》き込むのは、下世話な好奇心だけで充分だ」

詩的なようで、微妙にずれた表現だった。

「まあいいけれど、僕だって相麻の写真なんて持っていませんよ」

彼女と一緒に写真を撮ったことなんてない。正確には一枚だけ、彼女がほんの小さく写っている写真を持っているけれど、それを人に渡すわけにはいかない。とても特殊な写真なのだ。

「顔さえわかれば、なんでもいいんだけど」

「卒業アルバムになら載っていましたね」

「じゃ、それでいいや。携帯で写真撮って、メールで送ってよ」

「それくらいなら」

ケイが断っても、卒業アルバムの写真くらいなら簡単に手に入るだろう。

「アドレスは？」

「こっちからメールする。それに返信してくれればいい」

「僕のアドレス、知ってるんですか？」

「もし知らなくても、五分で調べられるよ。ボクを誰だと思ってるのさ」

「言ってくれれば、連絡先の交換くらいしますけどね」

卒業アルバムはクローゼットの奥に入っている。もらったときに一度開いたきりで、今後もう二度と開くことはないだろうと思っていたのだけれど。

「で、君の知りたいことはなに？」

「今朝起こった交通事故について」

「ああ。なるほど」

非通知くんは声のトーンを落とす。

「どうしたんです？」

「いや。君っぽいなと思っただけだよ。まったく根拠もないけれど、いかにも君が関わりそうな事件だ」

「事故ではなく、事件ですか？」

「管理局はそう判断しているみたいだよ。能力の連続暴発事件。そのひとつ目だ」

「ふたつ目以降もあるんですか？」

「今のところ、ふたつ目だけある。つい三〇分くらい前に起こった。スーパーマーケットにいた人たちが、全員大笑いし始めたんだよ」

もちろんそのことは、ケイも知っている。現場に居合わせたのだから。質問したのは、非通知くんがどこまで事情を理解しているのか確認したかったからだ。

「よく三〇分前に起こったことを知っていますね」

「管理局から連絡があってね。結構、色々調べてる」

なるほど。

彼は管理局への協力者だ。もちろん管理局がらみの仕事もしているのだろう。

「僕が知りたいのは、その事件を管理局がどう扱っているのかです」

「とてもシンプルだよ。能力者が能力を使った。なんの意図もなく、無意識に。そのせいで多少の被害が出た」

「二件とも？」

「そう。二件とも。だから、世間的にはただの事故だ。事件なのは管理局にとってだけだね」

「能力の暴発事故というのは、滅多に起こらないものなんですか？」

「どうかな。君、能力の暴発ってどういう意味だと思う？」

少し考えて、ケイは答える。

「使用者が理性的に制御できない状態で能力が使われること、かな」

「それならね、程度の差こそあるけれど、すべての能力者は一度、能力を暴発させているようなものなんだよ」

ああ、そうか。

「生まれて初めて、能力を使うときですか？」

誰だって能力を使うまで、自分が能力者なのだということを知らない。

ぼんやりとそういうことができる予感は持っている。でも理性はまだ、自身が能力者だと理解していない。そんな状況で使われる能力は、言ってみれば、暴発しているようなものだ。

「その通り。極端な言い方をすれば、能力が最初に使われるとき、必ずその能力は暴発してる」

思い返せば、四年前のケイだってそうだった。

過去を思い出そうとしたとき、意図せず能力を使ってしまった。それによってケイは自身が能力者だと自覚した。とはいえそれは「暴発事故」と呼ばれる種類のものではなかった。とても詳細に過去を思い出しただけだ。なんの問題も起こっていない。

「今回は、たまたまその最初の一回が、問題に結びついたということですか？」

それなら、あり得ることだろう。これまでだって管理局は何度も、同じような問題に対処してきたはずだ。

だが、非通知くんは否定した。

「違うよ。ひとり目は能力を手に入れて二年経っている。ふたり目はひと月と少々だけどね。生まれて初めて使うのとは、やっぱり意味が違う」

「二回目以降、能力が暴発することは、あり得ない？」

「思わず反射的に使ってしまった、ならあり得るよ。でも、今日の事件はふたりとも、能力を使った自覚さえない。状況を考えれば、彼が、彼女が能力を使ったことは間違いないのに、本人にそんな意識はまったくない」

気がつかないうちに使用してしまう能力。それは、能力のルールを逸脱しているように思える。能力は望むだけで効果を発揮する。反対に言えば、望まなければ能力は使えない。

「今回の出来事は、管理局にとってどのくらい大きな問題ですか？」

「わからない。でも、違和感がある。管理局が、上手《うま》く機能していないような」

「機能していない？」

「一見する限りでは、ほんの小さな事件だよ。今までだって管理局は、信じられないくらい的確に、能力の問題に対処してきた。なのに今回はなにか違う。彼らが混乱しているようにみえる。信じられるかい？　管理局が、混乱するなんて」

その理由は、予想できる。

今まで、偶発的に起こった事故のような問題にまで管理局が対処できたのは、おそらく魔女の力だろう。彼女の未来視は、管理局の最後の保険だった。

でも、もう咲良田に魔女はいない。

管理局は八月に、セーフティネットを失っている。

「端的に言えば」

非通知くんは、抑えた口調で語る。

「管理局は、すべての能力者が能力を暴発させる可能性を、怖れている」

二件の「能力暴発事件」の情報を送って欲しいと頼んで、ケイは電話を切った。

立ち上がり、クローゼットに向かう。いちばん奥の、段ボール箱の底にアルバムが入っている。七坂中学校の卒業式で配られたアルバムだ。

取り出して、ページをめくる。クラスごとに卒業生たちの顔写真が並んでいる。そのさらに先、どのクラスにも属さないページに、相麻菫の写真がある。そのページに載っているのは彼女の顔写真と、冥福《めいふく》を祈る定型的な短いテキストだけだ。あまりみていたくない。

ケイは手早く、彼女の顔を携帯電話のカメラ機能で写す。そのデータを添付して、非通知くんから届いたメールに返信した。

携帯電話をベッドに投げて、なんとなく天井を見上げ、囁《ささや》く。

「相麻。次の指示はまだかな？」

だが彼女からの返事はない。ケイはもう少し付け加える。

「シャワーを浴びようと思っているんだけど、そうするともう出かけたくないんだ。まだ汗をかくようなことがあるなら、先に教えておいて欲しい」

それから目を閉じて耳をすませる。やはり、彼女からの返事はない。今日はここまでということだろうか。

ケイは服を脱ぎ、洗濯機に放り込んでバスルームに向かう。

頭から温かな湯を浴びながら、目を閉じて考えた。

――さて。どうしたものだろうね。

非通知くんから聞いた話は、ほぼ予想した通りのことだった。

今、咲良田では、管理局にとってもっとも面倒な問題が起こっている。ふたりの能力者が能力を暴発させたのなら、今後も同じことが起こるかもしれない。能力の暴発に理由がないなら、すべての能力者が、問題の火種になり得る。

交通事故とスーパーマーケットの件。

このふたつが、偶発的な事故なのか、意図的な事件なのかはわからない。

シンプルに考えるなら事故の方だ。出来事から特定の目的を感じられないし、内容も狙って起こせるものではない。

だがケイは、意図的な事件である可能性を疑っている。理由はひとつだけ、魔女の未来視が機能していないように思えることだ。

咲良田から魔女が消えて二か月。たった二か月先に起こるトラブルに彼女が気づけなかったなら、そこには理由があるだろう。ただの偶然で起こることだとは思い難い。

でも、事故であれ、事件であれ、同じことだ。

どちらにせよこの状況は、的確に管理局の弱点をついている。

――管理局は優れた組織だ。

そのいちばんの強みは、能力に関する膨大な量のデータを持ち、能力者をある程度自由に運用できることだろう。数万の能力。それがあれば大抵の問題に、最適な形で対処できる。

――でも今回は、その強みがまるまる問題点になっている。

管理局の力である数万の能力者すべてが問題の原因に成り得るなら、つまり管理局の力がそのまま敵に回ったようなものだ。

咲良田の能力者すべてに、能力を暴発させる危険性があるなら。数万の不発弾がこの街にあるのなら。いったい、そんな問題に、管理局はどう対処する？

ケイはシャンプーを手に取り、力強く頭を洗った。泡の塊がタイルに落ちて、シャワーから落ちる湯に流されていく。無数の蟻に運ばれる昆虫の死骸《しがい》を連想した。

管理局は冷静な組織だ。問題には徹底的に対処するだろう。判断に必要な時間もそれほど長くかかるとは思えない。そして現状ある問題を綺麗《きれい》さっぱり解決する方法は、ひとつだけしかないように思えた。

管理局の切り札。

絶対的な能力の管理。

管理局がその手段を持っていることを、ケイは知っている。

先月、相麻菫に導かれ、夢の世界に入った。そこで一冊のノートに目を通した。ある老人が記載した、シナリオの写本と呼ばれるノートだ。その『Ｎｏ．４０７』を読んだ。

――だから、僕は管理局の切り札を知っている。

シナリオの写本に記載されていたのは、咲良田に能力が生まれてから管理局が出来上がるまでの、一年間についてだった。

以前、非通知くんが語った言葉を思い出す。

——管理局は、異常な組織だ。資金、人員、システム。そのすべてが、あり得ない速度で整った。あり得ないというのは、比喩《ひゆ》的な表現じゃないよ。管理局は、公的な機関として確実に不可能な速度で生まれた。まるでずっと前から、つまりは能力が初めて観測されるよりも前から、もう完成形が決定していたみたいに。

管理局は初めて能力が観測された次の月にはもう組織され、その直後から効果的に機能した。あるいは、正式に管理局が生まれるよりも前から、すでに組織として機能していた。

管理局の異常性を示す、都市伝説のような話だ。

でも、今ならわかる。魔法のような管理局の成り立ちには、明瞭《めいりょう》な仕掛けがある。

——初めて咲良田に能力が生まれてから、管理局ができあがるまで、本当は一年かかっているんだ。

ただ人々の大半が、一年間、能力の存在に気がつかなかっただけだ。

だってそのころ、世界にはたった三人の能力者しかいなかったのだから。

彼らは三人だけで、一年かけて管理局の基盤を作り、それから世間に能力の存在を公表した。人々が能力の存在を知った時にはもう、管理局の基本形は完成していた。だから傍目《はため》には迅速に、その組織は動き出した。

およそ四〇年前、始まりの一年間。

世界にたった三人の能力者しかいなかった時代の物語を、ケイはもう知っている。

＊

その頃、魔女はまだ名前を失ってはいなかった。

二〇歳そこそこの女性として、当たり前に生きていた。ただひとつだけ違うのは、自身の未来を知っていたことだ。彼女はやがて名前を失い、世界から隔離され、ただのシステムとして生きることになる。

「君は、それでいいの？」

と、向かいに座った男性が言った。

魔女はそのとき、ある家のリビングにいた。咲良田の外れにある、赤い三角屋根が特徴的な家だった。周囲は瓦《かわら》屋根の日本家屋ばかりだから、目立つといえば目立つ。門には表札くらいのほんの小さな看板が出ていて、そこに『ピアノ教室』と書かれている。特徴といえばそれくらいの、なんてことのない一般的な民家だ。

だが魔女は、このありきたりな民家のリビングが、世界でいちばん特別な場所なのだと知っていた。だってこの一室だけに、能力が存在しているのだから。

リビングにはグランドピアノがあり、その前にひとりの女性が座っている。彼女はゆったりとした動きで、柔らかな曲調のクラシックを演奏している。ソファーとセットのテーブルには、紅茶が入ったカップと、手作りらしいジンジャークッキーがある。そして向かいには、男性が腰を下ろしている。

男性の方が一〇歳、女性の方が七歳、魔女よりも年上だったはずだ。女性の方がここでピアノ教室を開いていて、魔女は高校生のころから彼女の生徒だった。

彼と、彼女と、そして魔女は、能力者だ。

三人が、この世界に存在する、能力者のすべてだ。

――いや。その表現は正確ではない。

魔女は内心で首を振る。

能力は世界中のどこにだってあるし、能力者は今だって生まれ続けているのだろう。だが、それでも能力の存在を知っているのは、魔女たち三人だけだ。魔女を除くふたりの能力によって、そのルールが設定されている。魔女はふたりの能力を合わせて「境界線」と呼んでいる。

境界線。世界を隔てる線。

彼らの能力は、世界をふたつに区切っている。このリビングと、ここ以外の世界すべてには明確な差異がある。

このリビングの外にいる人々は、能力を認識することができない。正確には能力のことを知った直後に、そのことを忘れてしまう。

境界線を作る能力者の一方——魔女の向かいに座る男性は言った。

「僕たちが立てた計画は、君の未来を踏みにじる」

魔女たちは、能力を管理する方法について何度も話し合った。大げさではなく、能力のルールを、三人だけで決めてしまうつもりだった。その過程で、魔女はやがて生まれる管理局という組織に取り込まれ、名前さえ失い、咲良田の未来を監視し続けるシステムになることが決まっていた。

魔女は頷《うなず》く。

「他には、どうしようもありません」

三人は様々な可能性について話し合い、魔女はそれぞれのアイデアの先にある未来を確認した。

だが能力を管理するのは簡単なことではなかった。魔女はいくつもの失敗——能力というよりはむしろ、それを手にした人々によって多様な問題が発生する未来を、無数に眺めてきた。

それはまるで寓話《ぐうわ》的な悲劇のようだ。能力は残酷だ。幸せを望む気持ちから生まれながら、やがて不幸の原因になるのだから。自然で平穏な願望によって訪れる不幸は、きっと人が本質的に抱える矛盾で、能力はその矛盾を浮き彫りにする。

試行錯誤の末、三人はある強固な組織を設計することに成功した。その組織は管理局と名付けられた。だが管理局を作り、育て、維持するには、魔女がすべてを捨て去る必要がある。

個人としての意思を破棄し、彼女が誰のものでもない——彼女自身のものですらないただのシステムとなってようやく、管理局は成立する。気持ちの悪いことだ。だが一方で、当たり前だともいえることだ。心から生まれる能力を管理するためにもっとも有効なのは、心を捨てることだった。

個人の幸せのために生まれる能力を、徹底して個人のためには使わないことで、管理局は成立する。

向かいに座った男性は大きく息を吐き出し、テーブルの上の紅茶に口をつけた。

「別の方法も、あるかもしれない。やっぱりこの世界のすべてに、能力のことを忘れさせるのが、正しいのかもしれない」

その可能性については、今までにも繰り返し話し合った。

根本的に能力を無くしてしまう方法はみつからない。だが「だれも能力が存在することに気がつかない」世界なら作れる。

実のところ、それは彼の能力で、ほぼ成し遂げられるのだ。

境界線を構成する能力の一方。

彼は世界中から、特定の情報を消し去る。誰も彼もの頭の中から、ひとつの記憶を欠落させるのが、彼の能力だ。

以前彼は、自身の能力の説明に、キャンディを使った。

それは不思議な経験だった。

魔女の目の前には、瓶に詰まったキャンディがあった。その隣にはメモ用紙が添えられ、キャンディについての簡単な説明が書かれていた。彼に指示されて、魔女はキャンディのひとつを口に含んだ。甘い。ただのキャンディだ。

だが彼が能力を使ったとたん、魔女はキャンディに関する知識をすべて忘れてしまった。キャンディが消え去ったわけではない。だが、それがなんなのかわからない。

目の前にあるのは、潰《つぶ》れたビー玉のようにみえた。きっとガラス製の玩具《おもちゃ》だろうと魔女は考えた。

だがメモには、「これはキャンディというお菓子です。主に砂糖でできています」と書かれていた。口の中にある甘いものは、氷砂糖のひと欠片《かけら》だと信じ切っていた。──変わった食べ物があるものだ。そう思った。

だがメモを読み終えたとたん、そこになにが書かれていたのかも忘れてしまった。キャンディに関する情報が、魔女の頭の中に定着しない。すぐにするりと抜け落ちてしまう。

彼が能力を解除して、魔女はようやく、キャンディのことを思い出した。

思い出してみれば、どうしてキャンディのことを忘れていたのか、不思議で仕方がなかった。

──この能力が今、世界中の人々から、能力に関する記憶を奪っている。

例外はこのリビングだけだ。

境界線を構成するもうひとり――今はピアノを弾いている彼女の能力によって、世界中でこのリビングにだけ、能力に関する情報が留《とど》まっている。

彼女の能力は、少し複雑だ。

その効果を言葉で表現すれば、「指定したものを失わない能力」といったところか。

たとえばひとつの部屋を対象に、特定のものを失わないよう指定すれば、それを部屋から持ち出すことができなくなる。熱を失わないよう能力を使えば、部屋の温度が下がることはない。

彼女の能力で、指定できるものの範囲は広い。今はこのリビングに対し、「能力に関する記憶を失わないように」能力を使っている。

これが、境界線の構造だ。

彼は世界中から、能力に関する記憶を消し去っている。彼女はこのリビングでのみ、能力に関する記憶が失われないよう設定している。二重否定のような方法で、魔女はこのリビングにいる間だけ、能力のことを覚えていられる。

前者の能力だけを使用し続けられれば、単純に、世界中から能力に関する記憶を消し去ることができるのだ。このリビングからも能力に関する情報を消したなら、魔女は未来をみる能力を忘れて、ひとりの女性として生きていくことができる。

それをしない理由は、ひとつだけだった。

「少なくとも咲良田を覆う範囲まで、境界線を広げることは必要です」

と、魔女は言った。

――私たち以外の能力者を、世界を守るために生み出さなければならない。大げさにいうなら、世界を守るために必要なことだ。

「貴方《あなた》の能力は、守られる必要があります」

彼が能力を使えなくなったとき――明言するなら彼に死が訪れたとき、世界から能力に関する記憶を奪うものはなにもなくなる。唐突に、世界中に能力が溢《あふ》れ、大きな混乱が起きる。そうなった世界を魔女は未来視によってみたことがある。それは必ず避けなければならない未来だ。

彼の能力は強固に守られなければならない。長い時間、比喩《ひゆ》ではなく世界の終わりまで、彼は能力を使用し続ける必要がある。

死さえ乗り越えて彼が能力を使い続けるには、他の能力が必要だ。このリビングにいる三人だけでは足りない。もっと、もっと、多くの能力者を生み出す必要がある。

紅茶に口をつけて、彼は笑う。

「二〇年、だったよね？」

「はい。その予定です」

およそ二〇年後、咲良田の住民のひとりが、ある能力を手に入れる。その能力者がいれば、彼の能力を永続させることができる。

——それは、決して幸福なことではない。

彼はやがて、魔女と同じように、システムとしてこの街に組み込まれる。いや、魔女よりもひどい。なにかを考えることも、喋《しゃべ》ることもできない。

——すべての準備が整ったとき、彼は死ぬのだ。

死者のように眠り、石のようになにも思わず、ただ能力を使い続ける装置になる。世界のために、能力を管理するために、彼にはそうなることが求められている。

「でも二〇年というのは、この街で能力者を生み出した場合の時間だろう？　別の街に移住すれば、もっと早く必要な能力者が生まれるかもしれない」

魔女は、つい不機嫌な口調で尋ねた。

「時期を早めて、どうするんですか？」

それはつまり、彼の死期を早めるということだ。一般的な死とは違うとしても、それとほとんど同じ状況に、彼を追いやることになる。

「僕のことが片づけば、君は普通の人として生きていける。能力のことを忘れて、平穏に暮らせる」

それは、そうかもしれない。

もちろん心は揺らいだ。魔女にも、共にいたい人がいる。管理局が出来上がれば、彼の下を去らなければならない。

だが魔女は首を振る。

「私が名前を失うのは、一〇年も先の予定です。少なくとも一〇年間、私は人間でいられます」

彼は笑った。

「僕が人間でいられるのは、本来なら、あと二年くらいだよ」

彼はすでに、ある病に冒されている。今の世界に彼を救う医療技術はない。

――能力がなければ、彼は二年後に死亡する。

だが咲良田に能力が生まれれば、彼は延命することができる。まもなく彼が生きるために必要な能力が、この街に生まれる。

「咲良田に能力が生まれれば、貴方はあと二〇年間、生きていられます」

その先に待っているのが、死者のように眠り、石のようになにも思わず、能力を使い続ける未来だったとしても。

二〇年間は、人間でいられる。

「それがなんだか、ずるい気がするんだよ」

彼は言った。

「本来なら二年で死ぬ僕が、二〇年も時間をもらえる。本来なら当たり前に幸せになれるはずの君が、たった一〇年で名前さえ捨てなければならない。これでは僕が得をし過ぎている」

彼がそう語っている間、もうひとりの境界線を作る能力者は、ピアノを弾き続けていた。変わらず柔らかで、優しい曲を奏でていた。だが彼の言葉が、聞こえなかったわけではないだろう。

――彼女は、彼を愛している。

境界線を構成するふたりの能力者は、能力のことを除けば、ただの仲の良い夫婦だった。高校生のころ、ピアノ教室に通い始めてすぐ、魔女はふたりに好感を持った。それは憧《あこが》れに似た感情だ。ふたりの姿は、交わされる会話やほんのふとしたときに浮かべる表情は、互いを思いやり、なんの陰もなく幸せそうにみえた。その幸せは守られるべきなのだと思った。

魔女は無理をして笑う。

「貴方はきっと、貴方の死を忘れさせるために、そんな能力を手に入れたんでしょうね」

彼が本当に消し去りたかったものは、彼自身のことなのだと思う。きっと、ピアノを奏でる妻から自身の死に関する記憶を奪い取るためだけに、世界から情報を消し去る能力を手に入れたのだろう。

彼は首を傾げた。

「さぁね。そうかもしれない」

でも。

魔女は続ける。

「でも貴方は、本当は彼女に忘れられたくなんてない。だから貴方の能力は、貴方が死んでしまったとき、効果を失うんです」

なんて矛盾に満ちているのだろう。

これが能力なのだ。この雄弁な矛盾が、能力の本質だ。

彼はきっと、本当に、自身の死を消し去りたいのだろう。彼女を悲しませたくはないのだろう。だが同時に、彼女に忘れられたくもないのだ。彼女に悲しんで欲しいのだ。

どちらも、正しい。嘘ではない。人の心は矛盾している。そして能力は、その矛盾を浮き彫りにする。

「素直に考えてください。どんな手段でも、貴方が生きている方が幸せです」

彼がもっとも愛する女性にとって、幸せだ。

誰にだってわかることだ。

「同じだよ。素直に考えれば、一〇年後に、君が名前を失う必要なんてない。ただのシステムになってしまうより、平凡に生きた方が幸せだ」

魔女は首を振る。

ずるいことだと思う。だが、仕方がない。魔女はこの会話の結論を、すでに知っている。彼がこちらの提案を受け入れざるを得ない、その致命的な言葉を口にする。

「咲良田が能力者の街になって、貴方が生き続けていれば、やがてひとりの男の子が生まれます」

能力が存在せず、たった二年間で彼が死んでしまえば、生まれない子供だ。

「たとえばその子だけを理由に、私たちは苦労を背負い込んでも良いのだと思います」

彼と彼女が産むひとりの子供のために、未来を選んで良いのだと思う。

およそ四〇年前のことだ。

世界には、たった三人の能力者しかいなかったころ。

魔女たちは咲良田を、能力者の街にすることを決めた。

＊

そして一年がたち、管理局の基盤が出来てから、境界線の範囲は押し広げられた。

咲良田すべてが、すっぽりとその内側に収まるサイズまで。だから人々が能力の存在に気づいたときにはもう、能力に関する絶対的なルールが完成していた。

咲良田の能力は、咲良田の外には持ち出せない。

街の内側でしか、人々は能力の存在を、覚えていることができない。それは境界線により設定されたルールだ。たったふたりが、たったふたつの能力によって作り上げた人工的なルールだ。

浅井ケイは考える。

——境界線の範囲を変えれば、始まりの一年間を再現することだって、できる。

いや、リビングひとつぶんの隙間もなく世界中から能力に関する情報を消し去る準備だって、もうできているはずだ。彼が生きていなければならなかったのは、二〇年間なのだから。もう、その倍も時間が経っている。

――これが、管理局の切り札だ。

世界中、他のすべての場所と同じように。咲良田の人々からも能力に関する記憶を奪い取ることが、管理局にはできる。

――咲良田中の能力者すべてが、問題の火種になると判断したなら。

管理局は、最後の札を切るだろう。

ケイはシャワーを止める。

――結局、問題の根っこは、そこなんだ。

シンプルで、だが極めて難しい問題だ。四〇年前、魔女たちが能力を手にしたときから続く問題。

管理局は最後の札を切るべきなのか。

咲良田から、能力をなくしてしまうべきなのか。

つまりは、この街で暮らす、すべての人にとって。あるいは世界中、すべての人にとって。

――能力は、存在するべきなのか。それとも消えてなくなるべきなのか。

その問いに、答えを出さなければならない。

4　同日／午後五時

部屋に戻ったケイは、冷蔵庫からペットボトルに入ったミネラルウォーターを取り出し、二口だけ飲んだ。

それからベッドの上の携帯電話で、光が点滅しているのに気づいた。

隣に腰を下ろし、携帯電話を手に取る。開いて確認した。メールが一通、それから三件の着信履歴があった。シャワーの音で気がつかなかったようだ。

発信元はすべて「非通知」。非通知くんからだろう。

こちらから彼に電話を掛けることはできない。非通知くんの下には、特定の公衆電話から掛けた電話しか繋《つな》がらないようになっている。

仕方がないので、メールの方を開いた。

本文には、能力暴発事件を起こしたふたりの、簡単な情報が書かれている。名前、年齢、それから持っている能力の概要。

メールには添付データがあった。開くとモニターに、少年と少女の顔写真が表示される。それぞれの能力者の写真だ。

ふたりとも見覚えがある。事件現場で、ケイは彼らを目撃している。

だが、違和感があった。少女の方だ。写真の少女はケイの記憶よりも、いくつか年上にみえる。

その理由について考えるよりも先に、手の中の携帯電話が鳴り出した。すぐに通話ボタンを押す。

「はい、浅井です」

「そんなの知ってるよ」

聞きなれた声。非通知くんだ。

「何してたのさ？」

「シャワーを浴びながら考え事を。どうしたんです？」

「相麻菫の写真をみた。だから思い出した。まったく。ずっと違和感があったんだ。いったい、なにが起こってる？」

彼は混乱しているようだ。

非通知くんの声は、無機質な女性の声に変換されている。使われていない番号に電話を掛けたときに流れるメッセージと同じ声色だ。その声が荒々しく愚痴をこぼす様は、奇妙でどこか滑稽《こっけい》だった。

「相麻菫は、何者だ？」

と、非通知くんは言った。

ケイはできる限り落ち着いて答える。

「二年前に事故で亡くなった女の子ですよ。当時、七坂中学校の二年生でした」

「そんなことは知ってるよ。でも、それだけではあり得ない」

「どうして？」

「ボクは彼女に、会ったことがある」

——こっち、か。

ケイは携帯電話を握る手に力を込める。

相麻菫はケイへの連絡に、中野智樹の能力を使っている。だが智樹自身は、能力を使用したことを覚えていない。なんらかの能力で、記憶を操作されている。

それが可能な能力者として思い当たった人物がふたりいる。岡絵里と非通知くん。岡絵里の能力は、そのまま他者の記憶の書き換えだ。非通知くんは、情報を養分に変える能力。その対象になった人は、能力を受けた直前の記憶を失う。そのことを、ケイは七月に起きた、皆実未来に関する出来事で知っていた。

可能性としては、岡絵里の能力が使われた方が高いと思っていた。岡絵里による記憶の書き換えは極めて自然に行われる。対象になった人は、自身の記憶が書き換わっていることにも気づかない。

対して非通知くんの能力なら、相手は「記憶が欠けていること」に気づいてしまう。だが智樹はそれを理解している様子がなかった。

さらに別の能力で記憶を操作した？　そんな面倒なことをする理由はあるか？　ちょっと思い当たらない。

それなら、可能性はひとつだけだ。

「非通知くんが、相麻に会ったのはいつですか？」

今さら、その出来事を思い出さないほど過去に、記憶操作は行われている。

智樹の能力は、距離と時間を超えて相手に声を届ける。どれだけ過去に仕組まれたことでもおかしくはない。

「二年前の、確か六月だ。彼女は唐突に、うちにやって来た」

やはり、そうか。

「貴方《あなた》がまだ、吸血鬼だったころの話ですね？」

当時、非通知くんは人間から直接情報を吸収して生きていた。そして尽辺山《つくべさん》――彼が暮らすマンションの近くにある小さな山に、吸血鬼が出るという噂が流れた。

「そうだよ。管理局が気づくよりも前から、あの少女だけはボクが、人から情報を搾取していることを知っていた。なぜだか知っていたんだ。そのことを秘密にする代わりに、ある人から情報を奪って欲しいと彼女は言った」

「貴方は、誰から情報を奪ったんですか？」

「名前は知らない。どこかの少年だ。彼女はその少年と知り合いのようだった。しばらくなにか話をしていた。いや、一方的に彼女が話し続けていたような気もする。ボクは物陰に隠れていたんだ。声は断片的にしか聞き取れなかった」

その少年が、中野智樹で間違いないだろう。

非通知くんは続ける。

「断片的には、聞き取れたんだ。写真を見て思い出した。彼女は、今日事故が起きた交差点と、それからスーパーマーケットについて話していた」

二年前の声が、ケイに届いている。

相麻菫はすべてを、二年前にもう語り終えていた。

だとすれば非通知くんの能力を使った理由もわかる。その時点ではまだ、岡絵里は能力者ではなかった。だが、二年前である必要はあったのか。

どうして？　どうして。

胸が騒ぐ。悪寒に似た震えが、背筋を上って脳に到達する。ある可能性に思い当たった。信じられない。だが、意識のどこかが、正しいのだと告げる。

眩暈《めまい》がした。まったく、馬鹿げている。どうして。

声だけは冷静に、ケイは言った。

「他に、覚えていることはありますか？」

「あとひとつだけ」

「それは？」

「確か、シャワーだ。シャワーのことを、彼女は話していた」

シャワー？　よくわからない。

どこかのシャワールームで事故が起こるのだろうか。

「ケイ。君は知ってるの？　彼女が、どんな形で今回の出来事に関わっているのか」

そのことについて、ずっと考えていたんだ。

ようやく、わかった気がした。

「僕にはなにもわかりません。彼女はただの、中学二年生の女の子でしたよ」

「ただの女の子と君が仲よくなるっていうのは、いまいち想像できない」

「ひどいですね。ま、変わった子ではありましたよ。とても頭が良くて、自信に満ち溢《あふ》れていて、でもどこか寂しげで」

苛立《いらだ》ちを隠せずに、ケイは言った。

「すみません。彼女の話は、あまりしたくない」

電話の向こうで、非通知くんは長い時間、沈黙していた。

「ごめん。またね」

そう言って、電話が切れた。

――二年前にはもう、相麻は準備を終えていた。

昨夜と今日、ケイに届いた、彼女の声は二年前のものだ。

一度、死ぬ前の彼女だ。

ケイは携帯電話を投げ捨てる。上手《うま》く呼吸できない。感情が暴れる。本能に任せて壁を殴りつける。拳《こぶし》が痛むはずだが、よくわからない。

　こんなに苛立った記憶は、ひとつもない。

「相麻。君は」

　スワンプマン。本物とまったく同じ機能を持つ、だが本物ではないなにか。相麻菫と同じ機能を持つ、だが相麻菫ではないなにか。

「君は、そんなことのために、死んだのか？」

　あり得ない。無茶苦茶だ。こんな理由で、人は死ねるのか。

　頭の中で、声が響く。

　――さぁ、ケイ。次のお願いよ。

　二年前の、彼女の声。

　浅井ケイは、二年前の相麻菫の指示で行動している。

＊

「お願いがあるの」

　と、相麻菫は言った。

　彼女は軽自動車の助手席に座り、窓の辺りに左肘《ひだりひじ》をついていた。一日中、車で移動していたせいで、少し気分が悪い。

「なんですか？」

そう答えたのは、運転席の索引さんだ。同乗しているのは彼女だけだった。津島はもうずいぶん前に高校まで送り届けたし、浦地には管理局関係の仕事があるようだ。

今、咲良田で起こっている問題は、管理局にとって異質だ。おそらくは今までに体験したことのない種類の問題だろう。本質的には二年前に、浅井ケイがしたことに似ているけれど、傍目《はため》にはその類似性はわかり辛《づら》い。

前例のない問題は対策室と呼ばれる部署に回される。浦地正宗はその部署の室長だ。つまり彼が起こした問題の解決が、彼自身に回ってくることになる。

「芦原橋高校の制服を用意してもらえる？　できれば教科書や、体操着なんかも」

浦地正宗の計画が成功すれば、咲良田から能力の情報が消えてなくなる。

つまり、相麻菫も含めてみんな、能力のことを忘れてしまう。

――例外がひとりだけいるけれど。

基本的には能力のことなんて、誰も知らない世界が訪れる。

相麻菫が二年前に死に、八月に写真の中から現れたなんて事実も、なかったことになるはずだ。能力がなければ起こり得なかったのだから。

――なら私だって、きっと普通の学生になる。

今のうちにその準備を、進めておいた方が良い。

索引さんは答えた。

「もう手配しています」

「教室の机や椅子と出席番号は？」

「問題ありません。津島信太郎はそのための協力者でもあります」

「そう。ありがと」

相麻菫は窓の外を一瞥《いちべつ》して、告げた。

「この辺りでいいわ」

索引さんは車を道の端に寄せ、停車させた。

「お疲れさまでした。それでは」

相麻はほんの好奇心で、彼女に向かって手を伸ばした。頬を摑《つか》んで、ひっぱる。

索引さんは困った風にこちらをみた。

「なんですか？」

彼女の頬から手を離す。

「怒るかな、と思って」

「その言葉は嘘です。貴女《あなた》は結果を知っていました」

「そうね。正確には、怒らせようと思って」

「私を怒らせてどうするんです？」

「上辺ではない話をしましょう。貴女だけがこちらの感情を読み取れるのは、あまり気持ちがよくないわ」

「貴女だけが未来を覗《のぞ》きながら話をしているのも、充分気持ちが悪いですよ」

索引さんはため息をつき、口調を変えた。

「それで、なにを話したいの？」

「たとえば、貴女は管理局をどう思っているのか」

「傍からみた通りよ。沈着冷静で、人間味がない」

「内側からみてもそうなのね」

「ええ。古くから管理局にいる人ほど、余計にね」

彼女はハンドルから手を離し、座席の背もたれに身体を預ける。

「創設者の三人、中でも名前のないシステムへの信仰は根強いわ。彼女が間違えるはずがないと思っていたから、なにが起きても動じずにいられた。誰もが自身の役割に徹していているだけでよかった」

索引さんの話は、理解できる。

およそ四〇年もの間、魔女は一度も間違えなかったのだから。索引さんが自然と「信仰」なんて言葉を使うほど、彼女への信頼は強固なものだったのだろう。

「でも今日、それは崩れたはずよ」

魔女は今回の出来事を、予言してはいなかった。

「そうね。四〇年間で初めて、管理局は名前のないシステムへの信頼を失った。管理局の基盤が崩れたようなものよ」

疑問だったことを、相麻は口にする。

「今回の件を、魔女は知らなかったの？　それとも知っていたけれど放置したの？」

「おそらくは知らなかったんでしょうね」

「浦地さんがなにかしたの？」

「たぶんね」

いったい、どんな方法を使ったのだろう？

――私の能力にも対応してみせたのだから、魔女の未来視を回避していたとしても不思議はないけれど。

でも、その方法は気になる。

顔をしかめて、索引さんは言った。

「あの人のことは、考えるだけ無駄よ。怪物のようなものだから」

「そう。ま、だいたいわかったわ」

「わかったって、なにが？」

「浦地さんがしたこと。この未来が魔女には見えなかった理由」

話しながら考えていたのだ。思いのほかあっさりと、答えはみつかった。

――きっと彼は、魔女が咲良田を出てから、魔女に会った。そして彼女の未来視を利用して、計画を立てた。

佐々野《ささの》の写真を使ったのだろう。あれを使えば、現実で魔女がいなくなってから、過去の世界を再現して彼女に会うことができる。魔女の未来視能力があれば、魔女自身がみた未来を変更することができる。

索引さんはまたため息をつく。

「貴女も、怪物じみている」

笑って、相麻は答える。

「女の子を怪物と表現するのは、ちょっとデリカシーがないわね」

「まさか怪物に、デリカシーについて注意されるとは思っていなかったわ」

「反省した方がいいわよ。滅多にないことだから」

索引さんは顔をしかめた。

「それで？　今は私の未来をみていたの？」

「いえ。私にはもう未来がみえないわ」

「どうして？」

「浦地さんの指示で、岡絵里が能力を使ったから」

「いつ？」

「ついさっきよ」

電話で加賀谷に連絡を取った後、浦地は車をあるビルに向かわせた。

そこで相麻は、岡絵里に会った。そして記憶を書き換えられて、未来視の使い方を忘れた。索引さんは車で待機していたから、まだそのことを知らなかったようだ。

――つまり、私はもう用済みということね。もう未来を観察する必要はない。利用価値のない強力な力は、デメリットにしかならない。消してしまうのがいちばんだ。

――ま、能力を消すだけで安心してくれるなら、私としても都合がいい。

未来視能力を失ってしまえば、ただの中学二年生だ。特別に監視されることもないだろう。

相麻は彼女の方に向き直って、尋ねた。

「貴女は、浦地さんがしていることが、正しいと思うの？」

索引さんは顔をしかめた。

「正しいわけがないじゃない。まさか狙って事故を起こすとは思っていなかったわよ」

「なら、どうして彼に従っているのかしら？」

索引さんが口を閉ざす。

相麻は窓ガラスの向こうの、咲良田の街を眺める。

午後五時、日が暮れかかっている。道路のずっと先に夕陽があった。遠くの建造物は黒いシルエットで、信号機だけが輝いてみえる。車のすぐ隣を、疲れた風なサラリーマンが通り過ぎていく。彼はなにかにつまずき、少しだけバランスを崩した。

みんな、ありきたりな風景にみえる。

「能力が必要だとは、思えないからよ」

ようやく索引さんが答えた。

「やっぱり私は、咲良田からも能力が無くなるべきなのだと思う。その部分だけは、浦地さんに共感している。でも私には、この街から能力を消す方法がわからない。だから浦地さんに協力するしかない」

「どうして、能力がいらないと思うの？」

「どうしてかしらね。管理局にいるせいかしら」

管理局の目的は、咲良田中から、能力に関する問題を取り除くことだ。そのための、もっとも効率的な方法が、能力そのものを無くしてしまうことだというのは間違いない。

相麻は笑う。

「貴女は怪物ではないわね」

とても真っ当で、正常な人間にみえる。

「当たり前でしょう。ただの公務員よ」

そのことを誇るように、索引さんは頷《うなず》く。

「貴女と話ができてよかったわ。ありがとう」

相麻は車を降りるため、ロックを外した。ドアを開いたときに、索引さんは言った。

「さようなら、相麻菫」

彼女の言葉に、内心で苦笑する。

それは、反則だ。

——貴女たちは私について、なんの調査もしていないことになっているのだから。

「その名前で私を呼ばないで」

アスファルトの上に立ち、相麻は笑う。

「私は、魔女よ」

二代目の魔女。名前を持たないシステム。それはプログラム通りに機能する。

——相麻菫ではない。

相麻菫によく似た、人工物だ。

音を立てて、彼女はドアを閉じた。

3話　幸福論

1　一〇月二四日（火曜日）／午前九時

昨夜は眠れなかった。眠るつもりもなかった。

睡眠が不足しているせいだろう、鈍い頭痛を抱えて、浅井ケイは人通りの少ない道を歩く。

一〇月二四日。火曜日の午前九時は、目につくなにもかもが気だるげにみえた。電柱も郵便ポストも、肩を落として背を丸めている。空は薄曇りだ。降水確率六〇パーセントの空。光が足りない。

昨日の夕刻、非通知くんとの電話を終えてからずっと、ケイは相麻菫のことを考えていた。およそ一六時間、ずっとだ。

今もまだ、彼女のことを考えている。様々な感情を、あの少女に抱く。苛立《いらだ》ち、悲しみ、恐怖も少し。共感、尊敬、もちろん愛情も。そのすべてをミキサーにかけて、でも上手《うま》く混ざり合わなくて、ごつごつとした塊が残っている。

以前、ケイ自身が、彼女に語った言葉を思い出す。

――それだけの感情を、ひとりの女の子に対して抱けたなら、それはつまり好きだということだよ。

そういうことなのだろう。

考え続けていた。彼女の行動と、その行動を生んだ感情を想像した。なにもかもケイが思い浮かべた通りなら。初めて彼女を、愚かだと思った。

それでも変わらない。浅井ケイは、相麻菫を愛している。

どうしようもなく、心の底から。春埼美空の次に愛している。その順列は、ケイ自身にも変えようがない。個人の意思ではない、もっと絶対的な力で決まっている。

相麻菫。

――もし僕にとって、いちばん価値を持つのが君だったなら、なにかが変わっていたのかな？

二年前、君は死なずに済んだのかな？

そんな、あり得なかった物語を、つい夢想する。僕は疲れているのだ、と思った。とても疲れているのだ。想像の世界に逃げ込んで、平穏な夢の中で暮らしたいくらい。とてもとても、疲れている。

それでもケイは歩く。

アスファルトの表面に靴底を擦りつけて、摩擦の力で前へと進む。なにかをすり減らしながら、きっと歩き続ける。これまでもそうしてきたように。横断歩道を渡る途中、信号が点滅して、ケイは少しだけ歩調を速めた。

最後の角を曲がると、春埼の家がみえる。

玄関先に郵便受けがあった。ケイはそこに、一冊の文庫本を突っ込んだ。

これが、相麻菫からの、三番目の指示だった。

文庫本に意味はない。だが春埼美空は、この文庫本を受け取る必要がある。

郵便受けのすぐ隣には、呼び鈴のボタンがあった。それを二呼吸ほどの時間、じっとみつめてから、ケイは春埼の家に背を向けた。

歩き出す。一歩、一歩。疲れながら、力を込めて歩く。

背後で音が聞こえた。ドアの開く音だ。ほとんど同時に、彼女の声が響く。

「ケイ」

振り返ると、春埼美空が立っていた。パジャマにカーディガンを羽織っている。走って出てきたのだろう、少しだけ息が荒い。

「おはようございます、ケイ」

彼女はとても素直に笑う。

「おはよう」

嘘ではなく、ケイも笑った。――僕は彼女に守られている。そう思う。

「どうしたの？」

「窓から貴方《あなた》がみえたので。用があったのではないのですか？」

「君に渡すものがあったんだ。郵便受けに入れておいたから、後でみておいてね」

「部屋に上がってくれればよかったのに」

「朝から押しかけるのも迷惑だなと思って」

嘘だ。

今は春埼美空に会いたくなかった。春埼を巻き込むのは、まだ早い。彼女の力が必要になるのは、おそらく明日の夕刻からだ。それに。

春埼はこちらに歩み寄って、それから、表情を曇らせる。

「ケイ。疲れていますか？」

そんなことはないよ。大丈夫。いつものことだ、朝は弱いんだ。——適当な言葉で誤魔化そうと思ったけれど、無理だった。彼女の顔をみると、こんなときでも安心して、今は上手く強がれない。そうなるとわかっていたから春埼には会いたくなかった。

ケイは微笑む。

「うん。少し、辛《つら》い」

春埼は驚いた風に、目を丸める。

「では、ゆっくり休むべきです」

「もう少しだけ。しないといけないことがあるんだ」

彼女はこちらの顔を覗《のぞ》き込む。真剣な目だった。

「だめです」

「どうして？」

「貴方は、休まなくてはなりません」

「大丈夫だよ。僕は結構、我慢強いんだ」

彼女は首を振った。

「貴方が、私に辛いと言うのは、初めてです。二年前、相麻菫が死んだ時でさえ、そんなことは言いませんでした」

――そうだね。

心の中だけで、ケイは認める。

二年前、相麻菫が死んで、春埼美空が屋上で泣いた。あの日よりも、きっと、今の方が辛い。やるせなくて、耐え難い。

「なにがあったんですか？」

「別に、なにも。ひとりで考え事をしていただけだよ」

「なにを、考えていたのですか？」

「基本的には、相麻のことを」

「彼女のことが、わかりましたか？」

「わかったよ」

二年前、彼女が死んだ理由。今、彼女がしようとしていること。今までに彼女が語ったいくつもの言葉の意味。彼女が用意した物語。

「だいたい全部、わかったと思う。根拠はないけれど、当たっている気がする」

昨夜は一晩中、ベッドに腰掛けて、目を閉じていた。喉《のど》が渇けば水を飲み、思考に疲れると顔を洗った。それを何度か繰り返しながら、相麻菫について考え続けた。

考える度に、胸の一部分がすり減っていくのを感じた。柔らかなものをぽろぽろと崩しながら、ケイはずっと考えていた。朝日が昇るころ、疲れ果てて確信した。

「昨日、君が言った通りだよ」

相麻菫は、間違えたんだ。

「どんな理由があろうが、死んでしまうことが、正しいはずがない」

春埼はほんの短い時間、目を閉じて。

また開いて、澄んだ瞳《ひとみ》に、情けなく笑うケイの顔が映った。

「相麻菫は、貴方のために死んだんですね？」

その通りだ。まったく。そんなの、どうしろっていうんだ。

どう、納得しろっていうんだ。

――僕のためだけに、ひとりの女の子が死んだ。

相麻菫が、死んでしまった。

そんなこと、いったい、どうやって受け入れろというんだよ。

春埼は右手で、ケイの頬に触れた。

「やっぱり貴方は、休むべきです。なにも考えずに、ゆっくりと眠るべきです」

彼女の手のひらが心地好《よ》くて、なんだか少しだけ眠くなる。

「ありがとう。でも、大丈夫だよ」

昨日の夕刻、相麻からみっつ目の指示を受けた。それで郵便受けに文庫本を入れた。でも彼女の指示は全部でよっつだ。まだ、あとひとつ残っている。それが終わるまで、休むわけにはいかない。

春埼は泣き出しそうにもみえた。

でも、こんなとき、彼女が泣くはずがないことも知っていた。

——きっと、彼女の瞳は、僕を映している。

二年前、彼女はケイの代わりに泣いた。泣きたかったけれど泣けなかった浅井ケイの代わりに、春埼美空が泣いた。

今、ケイは、泣くべきではないと知っている。だから春埼も涙を流さない。

彼女はしっかり、こちらをみつめている。

「これから、どうするんですか？」

決まっている。

「いちばん、幸せな結末を目指すんだよ」

そこには届かないとしても、そこに少しでも近づくために。

まだ想像もできないような、最良を目指す。いつだってそれを探し続けている。

「では、仕方がありませんね」

彼女は、笑った。

おそらくそれは、意図的に作った表情なのだと思う。でも心の底からの笑顔と見分けがつかないくらい、綺麗《きれい》な笑顔だった。

「仕方がないので、いってらっしゃい」

笑って、彼女はそう言った。

――いってらっしゃい、か。

春埼美空は、その言葉を選ぶのか。なるほど、素敵だ。

「うん。いってきます」

できるだけ真剣な声で、ケイは彼女に、そう答えた。

＊

管理局が所有するビルのひとつ、その三階にある会議室に、浦地正宗はいた。

つい先ほどまで、二件の能力暴発事件に対処するための会議を行っていたのだ。だがそれは二〇分ほどで終わった。

会議の内容はひとつだけだ。浦地が作成した対策案に出席者全員が承認を出した。その対策案は管理局の内情を知る者なら誰でも思いつくようなものだったし、他にはなにも思いつかないようなものだった。出席者の大半は、会議に参加する前からこうなることがわかっていただろう。

管理局の対策案にはテンプレートがある。

まず現状起こっている問題から最悪の事態を想定し、それに対処できる「最終的な解決方法」を作成する。そして事態がどこまで進行すれば「最終的な解決方法」を使用するのかのラインを設定する。

同じように、ひとつ手前のラインを、さらに手前のラインを、順次作成していく。その多くはマニュアル化されていて、適切なパーツを組み合わせるだけで対策案を作成できる。

だから浦地は、まず対策案を作ってから、それに合わせた問題を起こした。あみだくじを逆さから辿《たど》るような方法だ。問題の方が対策案に合わせているのだから、承認されないはずがない。

「順調ですね」

疲れた口調でそう言ったのは、能力を持たない管理局員だ。浦地はもうそんなことも覚えていなかったけれど、手帳に記述されていた。それによれば、彼の名は津島信太郎というらしい。

浦地は頷《うなず》く。

「きっと、順調なんだろうね。私はよく覚えていないけれど」

会議室に残っているのは、浦地と、津島と、加賀谷という寡黙な管理局員だけだ。

浦地は手元の手帳に視線を落とす。

彼は自身の能力によって、記憶を片端から破棄していた。覚えているのは手帳のどこになにが書かれているのかだけだ。たとえば二七ページ目には、現在の計画に関係している人々の概要がある。だがそこの文面はもう忘れた。必要になれば読み返し、必要がなくなればまた忘れる。

手帳をめくりながら、尋ねる。

「浅井くんは、リセットを使うかな？」

答えたのは津島だ。

「まず間違いなく使うでしょう」

「それは、いつ？」

「おそらく、セーブから七二時間後。限界まで情報を集めてから使います。今回の場合なら、明日の午後七時ごろのはずです」

「なるほど。効率的だね」

でも、それでは遅すぎる。

――どうするんだろうね、浅井くん。

手帳には浦地正宗の計画を書き記したページがある。その大半には、すでに「完了」と書き込まれている。このまま進めば、そう時間も掛からず、咲良田から能力が消えるだろう。そうなるともちろん、リセットだって使えない。

「浅井ケイを、ずいぶん気にしていますね」

声を辿るように、浦地は津島に視線を向ける。

「うん。あの少年だけが、例外だ」

「なんの例外ですか？」

「咲良田のルールに関する例外だよ」

少年の些細《ささい》な能力は、咲良田のルールを逸脱している。この四〇年間で唯一、彼の能力だけが境界線を超越した。

「でも、それだけだ」

彼ひとりがなにをしようが、能力がなくなった咲良田では無意味だろう。

手早くすべてを、終わらせてしまおう。

津島に向かって、告げる。

「君に頼みたいことがある」

彼は警戒するように、眉《まゆ》を寄せた。

「まだなにかあるんですか？」

彼には能力の暴発事件に関する、対外的な責任者を任せている。能力が暴発する事件の責任者は、能力者ではない方が好ましい。責任者自身が能力によってトラブルを起こすようなことがあってはならない。

浦地にしてみればどうでもいいことだった。あくまで名目上、対策案を通すために必要だった手続きだ。

——彼を手元に置きたかった理由は、別にある。

「君には、ある人を説得して欲しいんだ」

微笑んで、浦地は手元の手帳に視線を落とす。予定の残りは、一行だけだ。あと一手で、計画は完了する。

まもなく管理局は対策案に従って、「最終的な解決方法」を使用するだろう。

2　同日／午前九時三〇分

浅井ケイが向かったのは、病院の屋上だった。

物干し竿《ざお》が並んでいるけれど、洗濯物は干されていない。寂しげな屋上だ。フェンスで囲われた屋上は、独立したひとつの世界を連想させる。手のひらに載るほどの小さな世界。そこに、ケイはひとりきりでいた。

ゆっくりとした歩調で歩きながら、真下のフロアの構造を思い出す。通路の幅、ドアの位置、ある女性が眠り続けている病室の間取り。

彼女のベッドの真上で、フェンスを背にして腰を下ろす。

目を閉じると、微《かす》かな風を感じた。湿度が高い。雨が降ると嫌だな、と思う。それからできるだけ、なにも考えないでいようと努力する。

夢の世界の神さまに会うために、長い時間をかけて、浅井ケイは眠った。


そしてケイは目を開く。

立ち上がり、フェンスの向こうの街を見下ろす。

未《いま》だそこには、白い靄《もや》で覆われ、東西が反転した咲良田がある。

ここは夢の中だ。夢の中に作られた、咲良田とほとんど同じ場所。病室で眠り続ける女性——片桐穂乃歌《かたぎりほのか》の近くで眠れば、彼女が作ったこの世界に入ることができる。そして病院の屋上の一部も、能力の効果範囲に含まれる。

夢の世界は、この世界の神さまが意図しない限り、現実がまったくそのまま再現されている。情報収集にこれほど適した場所はない。

空に向かって、ケイは声を張り上げた。

「チルチル。ミチル。お願いしたいことがあります」

だが返事はない。

神さまのような彼らが、こちらの声を聞き逃すことなどあるだろうか？

仕方がないのでケイは、病院の屋上を後にした。

建物内に入り、エレベーターで階を下りる。

向かったのは病院の最上階、五階だ。だがそのためには、一度四階まで下り、別のエレベーターを使ってまた五階に上る必要があった。ふたつ目のエレベーターは暗証番号を入力しなければ稼働しないようになっているけれど、ケイが記憶していた番号がそのまま使えた。

廊下を進む。

とても静かだ。人の気配というものを感じない。深い洞窟《どうくつ》の奥で滴る水滴みたいに、ケイの足音だけが響く。

目的の場所――ミチルの部屋の前に立っても、それは変わらない。

奇妙に音がない。ノックをしても返事はなかった。仕方がないので、白く、表情のないドアをスライドさせて開いた。

その病室には二〇歳ほどの男性と、中学生ほどの少女がいた。チルチルとミチルだ。この世界の、ふたりの神さま。だが、彼らが本物のチルチルとミチルだとは思えなかった。とても精巧に、彼らに似せて作られた人形にみえた。

ふたりは窓際に立ったまま、少しも動かない。瞬《まばた》きをすることも、腕を揺らすこともない。

「チルチル？　ミチル？」

ケイは彼らに歩み寄る。顔の前に手をかざして、呼吸を確認する。手首に触れて、脈を調べる。呼吸も、脈拍も感じない。

時間が止まったみたいに。ふたりのあらゆる部分が、停止していた。

――もう、決めてしまっていいだろう。

これはある管理局員の能力だ。以前ケイを魔女の下まで案内した、黒いスーツの管理局員。彼が右手で触れたものは、決して変化しなくなる。

彼とは先月、夢の世界で再会した。一緒に索引さんや、笑みを張りつけた管理局員がいた。あの三人が今回の出来事の裏側で動いている。

――もし、チルチルとミチルの力を借りられたなら。

なにもかもがわかったはずだ。夢の世界の索引さんたちに、直接話を聞くことだってできる。チルチルの力があれば、強引に情報を聞き出すことだって可能だ。

索引さんたちは事前に、それに対処しておいたのだろう。

――僕は遅すぎたわけだ。

そう考えたとき、窓の方から軽い音が聞こえた。ケイはそちらに視線を向ける。青い小鳥が、くちばしで窓をノックしていた。

ケイはそちらに歩み寄り、窓を開いた。

青い小鳥は病室内に飛び込み、くるりと回ってベッドの柵《さく》に止まる。

「チルチル?」

と、ケイは声を掛ける。

チルチルは以前、青い小鳥の姿になったことがある。

青い小鳥は答えた。

「いや。オレはチルチルじゃない。ただの鳥だよ」

「ただの鳥は喋《しゃべ》りませんよ」

「じゃあ、喋るだけの鳥だ。神さまみたいな力は持っていない」

とりあえず座ったら？　と青い小鳥が言うので、ケイはベッドに腰を下ろした。

「貴方《あなた》を作ったのは、チルチルですか？　ミチルですか？」

「チルチルだよ。彼の時間が止められる直前、オレは生まれた」

青い小鳥は妙に人間味のある動作で、首を傾げてこちらをみる。

「なにが起こったんですか？」

「順番に説明しよう。まず、ミチルの時間が止まった」

「管理局の人が、能力によって、ミチルの変化を止めた？」

「わからない。唐突に、ミチルが動かなくなったんだ。チルチルはミチルをなんとかしようとしたけれど、どうしようもなかった。管理局員たちがやって来たのは、その後だ」

どういうことだ？

黒いスーツの管理局員の能力は、「右手で触れた対象をロックする」ことだったはずだ。どうして触れる前から、ミチルの変化が止まった？

――ああ、そうか。ミチルは、片桐穂乃歌だから。

まず現実で片桐穂乃歌の変化を止めてから、管理局員たちは夢の世界に入った。能力が使われたのは現実世界だから、夢の世界では神さまのようなチルチルにも、どうしようもなかった。

きっと、そういうことだろう。

青い小鳥は続けた。

「チルチルが管理局に逆らうことはできない。現実のミチル――片桐穂乃歌を盾に取られれば、逆らいようがない。だから素直に、彼らに従った」

「管理局員たちは、なにをしたんですか？」

「チルチルと話をしていたよ。主に菫ちゃんのことだ。彼女の名前や能力や、交友関係なんか。チルチルは尋ねられるままに、菫ちゃんのことを話した。話を聞いてから、加賀谷という管理局員がチルチルに触れて、彼の時間も止まった」

なるほど。

この世界は情報収集には最適だ。それは、管理局員たちにとっても同じだろう。

「そしてチルチルは、時間を止められる直前、オレを作った。現実からこの世界に入ってくる人――菫ちゃんの可能性がいちばん高いと思っていたけれど、ともかくそんな人と話をするために、オレは作られた」

「どうしてチルチルは、自分自身を作らなかったんですか？」

チルチルは、夢の世界ではほぼ全能だ。その気になればもうひとり、自分を作り出すことだってできる。

「彼だって、自分を作るつもりだったさ。でもね、索引さんに質問されたんだ。この世界に、貴方たちの他に、神さまみたいな力を持った人はいませんか？　あるいは今、それを作ろうとしていませんか？　ってね」

　索引さんに嘘はつけない。

「チルチルは、素直に答えるしかなかったんですね」

「うん。もうひとり自分を作ろうとしたけれど、止めましたってね」

「よく貴方を作ることができましたね」

「オレは喋るだけの鳥だからね。他にはなんの力も持っていない。いてもいなくても、そう変わらない」

　なにもできないただの小鳥が生まれることまでは、管理局員たちも警戒していなかったということか。

「オレはメッセンジャーだよ。役割はひとつだけ、助けてくれって伝えることだ。現実でなにが起こっているんだか知らないけれど、とにかくミチルを助けてくれ」

　ケイはミチルに視線を向ける。決して動かない、人形のようなミチルに。

「では、教えてください。管理局員たちが現れたのは、いつですか？」

「もう三週間くらい前だよ」

　ずいぶん前だ。

　遅かった、なんてものじゃない。初めからケイには勝ち目のないタイミングで、相手は動いていた。

「彼らはチルチルの時間を止めてすぐ、夢の世界から出て行ったんですか？」

「いや。菫ちゃんに会いに行ったよ。話をして、それから彼女の時間も止めてしまった」

夢の世界の相麻も、時間を止められているのか。

有効な情報源には、徹底して先回りしているようだ。

「彼らと相麻がどんな話をしたのか、わかりますか？」

「いや。オレは空の高いところから、ぼんやり眺めていただけだ」

「ちなみに、相麻はどこにいたんですか？」

「昔、ホテルだった建物だよ。その廃墟《はいきょ》で、彼女は暮らしていた」

ま、そんなところだろう。死んでしまったはずの中学二年生が暮らせる場所というのは、それほど多くはない。

「相麻の時間を止めてから、彼らはなにをしましたか？」

「特にない。すぐに夢の世界から出て行った」

「なるほど」

周到だ。向こうは自分たちだけ情報を手に入れて、その情報源を消し去った。

――僕がしようとしたことは、事前に対策されていたわけだ。

当然だとも言える。相手は能力の運用のプロフェッショナルなのだから。

さらに彼らが夢の世界の相麻に会ったというのも、大きな意味を持つだろう。

――僕が、索引さんたちなら。

まず相麻の能力について知ろうとする。彼らはすでに、相麻の未来視の詳細を理解している。

「管理局員は、何人いましたか?」

「三人だね」

「索引さんと、加賀谷さんと、あとはいつも笑っている男性?」

「そう。最後のひとりは、浦地正宗という名前だ」

――浦地?

ほんの短い時間、息が詰まった。

「どうかしたのか?」

青い小鳥の声が聞こえて、ケイは首を振る。

「いえ。知っている名前だったから、少し驚いただけです」

「ともかく、現実に戻ったら菫ちゃんに連絡を取って欲しい。彼女ならきっと、なんとかしてくれる」

「はい。できるだけ、そうしてみます」

ケイだって、相麻菫に会いたい。

「でも、僕もどうすれば相麻と連絡が取れるのか、わからないんです」

そう答えた直後、鼻の頭に、なにかが当たったのを感じた。

ふいに強烈な眠気に襲われ、浅井ケイの意識は途切れた。

そしてケイは目を開く。

いつの間にか、病院の屋上にいた。

雨が降っている。うぶ毛のように緩やかな雨だ。でもどうやらそれのせいで、目が覚めてしまったようだ。現実世界で目を覚まし、同時に夢の世界から追い出された。

——浦地、だって？

その名前をケイが知ったのは、ほんのひと月前のことだ。

シナリオの写本、その『Ｎｏ．４０７』に、浦地という名前は記載されていた。

始まりの一年間。たった三人の能力者。

そのうちの、魔女を除くふたり——境界線を構成するふたりの能力者。

四〇年前、彼らはまだ若い夫婦だった。

ふたりの苗字が、浦地だ。

＊

もうずいぶん前のことだ。

魔女は言った。

「ねぇ、正宗くん。できるなら貴方《あなた》の両親が愛した能力を、嫌わないでいて」

浦地正宗は首を振る。

「誰が愛していたとしても、私がそれを愛する理由にはなりません」

当たり前だ。

自分の感情は、自分以外に決められない。

「能力を嫌う気持ちは、理解できる。確かにそれが、正常な感覚なのかもしれない。でも」

魔女は軽く、瞼《まぶた》を伏せる。

「でも能力には、救いだってある。能力の価値を象徴するような貴方が、能力を否定してはいけない」

浦地は笑う。

もしこの街に能力がなかったなら、生まれなかった人間がいる。

――つまり、私だ。

境界線を構成する、ふたりの能力者。彼らが浦地正宗の両親だ。そして浦地の父は、早くに死ぬ予定だった。だが能力によって生きながらえた。生きて、浦地正宗を生むことができた。

「だからこそなのですよ」

ゆったりとした口調で、浦地は告げる。

「生まれる前から能力の恩恵を受けた私が、もっとも深く能力を愛するべき私こそが、それを否定するから意味があるのです。私心を捨てて、私自身の存在さえ否定して、能力を悪だと語る義務を持つのです」

魔女は睨《にら》むような目つきでこちらをみつめる。

「では、貴方は生まれたくなかったというの？」

「そんなはずがない」

浦地正宗は首を振る。

「私は父と母に感謝しています。牛と豚と鶏に感謝しています。すべての農作物と、水と、太陽と、大地と空とに感謝しています。生まれてきてよかった。生きていられて幸せだ。私はこの世界を愛している」

でも、と、彼は言った。

「そんなものはイレギュラーだ。能力によって、私はたまたま生まれることができた。たまたま幸せに暮らしている。だからどうしたというんです？　私の幸福は、能力の正しさをなにも証明しない」

「人間ひとりぶんの幸福を創った力は、肯定されていい」

「そんなことはありませんよ。戦争によって恵まれた人もいるでしょう。犯罪によって救われた人もいるでしょう。貴女《あなた》は戦争を、犯罪を、肯定できますか？」

「それは極論です」

「いいえ。私からみれば同じことだ。戦争も、犯罪も、能力も。すべて犠牲者がつきまとう。それによって生まれる不幸が、そこかしこにある。例外的な幸福だけを切り取って正しいと主張するのは、詐欺のようなやり口だ」

魔女はじっとこちらをみつめていた。

「わかりました。なら、それでいい」

「能力は悪でいい？」

「正直に言ってしまうと、私は能力の善悪なんかに、なんの興味もないのよ」

浦地から視線を逸《そ》らさず、そのまま魔女は笑う。

「貴方がいることが、私たちの希望よ。能力が悪だと主張する貴方の声にさえ、貴方のお父さんと、お母さんと、それに私は救われる」

魔女が微笑む姿は、人工的で気味が悪い。

浦地正宗は頷《うなず》く。

「貴女たちが、なにを希望にしようが、知ったことではありません」

「そんなことが、能力の正しさの証明にはならない？」

「ええ」

「それは、違うわ」

笑みを浮かべたまま、魔女は首を振る。

「そんなことでしか、なにが正しいのかなんて、決められないのよ」

魔女は力強く言い切った。

それを受けて、浦地正宗も変わらず笑っていた。

＊

パズルのピースが埋まっていく。

些細《ささい》な断片が繋《つな》がり、ひとつの大きな構造を作り上げていく。

浅井ケイは思い出す。今年の夏、マクガフィンから始まった一連の出来事を。二年前、相麻菫に出会ってからのすべてを。そして考える。四〇年前から、この街が抱えてきた問題を。能力は、正しいのか、間違っているのか。それを巡る物語を。

――すべてを計画したのは、相麻菫か？　浦地正宗か？

おそらく、両方だ。

ふたりがそれぞれのストーリーを用意し、それぞれのストーリーを進行させている。ふたつは複雑に絡み合う。浅井ケイは、それを読み解かなければならない。

――考えろ。考えろ。考えろ。

思考を止めてはならない。

今、起こっている、能力の暴発事件。それは浦地正宗のストーリーだ。

彼の目的は理解できる。管理局に最後のカードを切らせること。咲良田から能力を消し去ること。これしかない。

——なら、浦地正宗は次になにをする？

どうすれば彼の計画が、もっともスムーズに進行する？

空の向こうでゆっくりとボリュームをひねったように、雨音が大きくなる。視界が霞《かす》むような雨の中で、浅井ケイは、まだどこにも繋がっていないピースを発見する。

——宇川、沙々音。

昨日、彼女は言った。

——二週間くらい大学に行ってたけどね。またもう少し、管理局の手伝いをすることになって、呼び戻された。

先月、宇川は浦地正宗への協力者として行動していた。

彼女を呼び戻したのが浦地正宗だとすれば、その意図は明白だ。

——宇川さんは、もっとも今の咲良田にいてはいけない人物だ。

彼女の能力は、世界を壊すことさえできるのだから。比喩《ひゆ》でも誇張でもなく、この星をふたつに割ることさえ可能なのだから。

宇川沙々音の能力は、決して暴発してはならない。

もし彼女が今回の事件に巻き込まれるようなことがあれば。どんな些細なことでもいい、彼女の能力が暴発するようなことがあれば、管理局は最後の決定を下すだろう。

——僕が浦地正宗なら、それを狙う。

宇川沙々音以上に、浦地正宗の計画に適した能力者は、いない。

ケイは駆け出した。雨粒が首筋を流れる。ポケットから、携帯電話を摑《つか》み出す。できるだけ早く、宇川沙々音に会う必要がある。

＊

一〇時四五分。

窓の外からは雨音が聞こえていたけれど、そんなことは気にならなかった。

宇川沙々音の意識の八割は、目の前のチョコレートパフェに向いていた。残り二割は向かいに座る管理局員だ。たしか、津島という名前だったと思う。

宇川は彼に呼び出され、この喫茶店にやってきた。どうやら重要な話があるらしい。だがそれはそれとして、目の前にはチョコレートパフェがある。

チョコレートパフェは儚《はかな》い食べ物だ。子供の夢をかき集めてできたように幸せな形をしているのに、時間が経つと簡単にその幸福は消えてなくなる。アイスクリームは溶け、チョコレートソースと混じり合って美しいとは言えない色合いになるし、上に載ったカラフルなフルーツは崩れ落ちるだろう。底にあるシリアルは水分をすって、その魅力的な食感を失ってしまう。アイスクリームが溶けてしまえば、すべてが連鎖的に台無しになるのだ。

そんなわけで宇川沙々音は、目の前の管理局員よりもチョコレートパフェを優先することに決めた。人間は多少放っておいても、溶けてなくなったりはしない。

まずスプーンでアイスクリームとホイップクリームを同時にすくい、口に運んだ。次にささっているポッキーに手を伸ばす。

「食べながらでかまわないので、聞いてください」

と、津島は言った。疲れたような声だ。

「はい。すみません。アイスが溶けると大変なので」

チョコレートパフェから意識を逸らすわけにはいかない。てっぺんに載っていたサクランボをつまむ。

二割の意識で考えた。津島には今までにも何度か会ったことがあるけれど、その度に感じる。なんだか管理局員らしくない管理局員だ。どこか、他の管理局員とは違った雰囲気を持っている。

彼はコーヒーに口をつけた。

「貴女に、お願いがあります」

「管理局の仕事なら、大抵は引き受けることにしていますよ」

言ってみれば咲良田の平和を守る組織なのだから、宇川の正義に反することもまずないだろう。

だが、津島は首を振った。

「いえ。管理局からの依頼ではありません。個人的な頼みです」

「そう思って頂いてかまいません」

「貴方《あなた》からの？」

「微妙な答えですね」

「貴女《あなた》にとっては、誰からの依頼でも同じでしょう？」

「ま、そうですね」

正しいことなら、なんであれ引き受ける。

「内容は？」

「貴女に能力を使って頂きたいんです」

「なにをするんです？」

「なんでもかまいません。ある程度、派手な方がいい。その上で、管理局に対しては、意図せず能力を使ってしまったと証言してください」

「管理局に嘘は通じませんよ」

言ってから、内心で笑う。

そんなこと、管理局員である彼が知らないはずがない。

「管理局に対しては、こちらでなんとかします。上手《うま》くいくと思います」

アイスが絡んだシリアルをすくい上げて、答える。

「お受けできません」

「どうして？」

「わけがわからないし、あまり嘘はつきたくない。不可思議で気味が悪い話です。そういうのは、引き受けられません」

はっきりと断ったつもりだ。

だが彼は、こちらの返答を気にした様子もなく、言った。

「事情を説明します」

「聞くけれど、なにが正しいのかは私が選びます」

「もちろんです。最後まで納得できなければ、それでかまいません」

器の上部にはみ出ていたアイスクリームを食べ終えて、宇川は意識の配分を変える。

パフェと津島を、それぞれ五割ずつに。

「昨日、二件続けて、能力の暴発事故が起きました」

「暴発？」

「そう。意図せず、能力者が能力を使った」

「危険ですね」

「とても危険です。怖くて仕方がない」

津島はおどけた風にそう言った。だが彼の言葉は心の底から出たものだろう、と宇川は思う。怖くて、無理に強がろうとしている。説得力のある口調だった。

「一方には、貴女も遭遇しているはずです」

「私も？」

考えて、思い当たる。

「スーパーマーケットの件ですか？」

「そうです」

「あんなに大声で笑ったのは、初めてです。でもそれほど危険はないでしょう」

「ですがもう一件では、交通事故が起きました。運転手がひとり、強く胸を打った。幸い骨にひびが入る程度の事故でしたが、場合によっては死者が出ていました」

うん。それは、危険だ。

だがまだよくわからない。

「その話が、貴方の頼みと、どう繋《つな》がるんです？」

「管理局は今、迷っています。決断しなければならないのに、できないでいる」

「それは？」

「咲良田に、能力があるべきなのか。管理局がその気になれば、この街から能力すべてを消し去ってしまうことだって、できる」

咲良田から、能力がなくなる。

考えたこともなかった。宇川は咲良田で生まれた。生まれた時から、能力があった。当然、すぐ隣に、能力はあるものなのだと思っていた。

津島は続ける。

「今朝、能力の暴発事件に関する対策案が会議で承認されました。そこには、最悪の場合──つまりは特別に危険な能力の持ち主が、能力を暴発させた場合、最終的な手段を使うことが記載されています」

彼はコーヒーを一口飲んでから、こちらをみつめた。

不思議な目だ。濁っているようで、でも純粋にもみえる。

「貴女が能力を暴発させたと証言すれば、管理局は咲良田中から能力を消し去る。貴女の行動ひとつで、世界から能力をなくしてしまえます」

いつの間にか、彼の話に気を取られていた。

溶けかけのアイスクリームをすくう。冷たく、甘い。

「少し、考えさせてください。能力をなくしてしまうべきなのか、私の心はまだ判断できない」

「もちろんです。でも、それほど時間はありません」

「どうして？」

「理由はわからないけれど、能力が暴発している。そんな状況なら、当然危険な能力は使用に制限が掛かります」

「制限、というのは？」

「能力を使えなくするんですよ。ガスの元栓を閉めるように。管理局は今朝から、順番に危険な能力を封じて回っています」

「方法は？」

「記憶を操作できる能力者に協力を要請しています。使い方を忘れさせてしまえば、とりあえず能力は使えなくなります」

少し考えて、宇川は尋ねる。

「無意識的な能力の暴発に、それで効果がありますか?」

「わかりません。正直なところ、なにもわからない。ですがなにもしないでいるわけにはいかないから、思いついたことを実行しています」

確かに、そうするしかない。

「ともかく、わかりました」

宇川沙々音は頷《うなず》く。

「近々、私も能力を使えなくなるんですね?」

危険な能力を封じて回るなら、宇川がそこから漏れることはありえない。

津島は頷く。

「本来なら真っ先に封じるべき能力です。どれだけ先延ばしにしても、もう数時間で、貴女の下に管理局員が現れるでしょう」

つまり、それまでに答えを出さなければならないわけだ。

――能力は、咲良田からなくなるべきなのか。

宇川はこの春から、咲良田の外にある大学に通っている。近くにワンルームのマンションを借りて、基本的にはそこで生活している。咲良田の外に出ると、能力のことは忘れてしまう。能力が存在しない世界を、宇川はすでに半年ほど体験したことになる。

それは平和な世界だ。咲良田が特別に危険だというわけではないけれど。咲良田と同じ程度には、平和で幸福な世界だ。

能力なんて関係なく、人は同じように悩み、笑って、幸せになろうとしている。

――それなら、能力が存在する意味はなんだ？

能力が危険な要素を含むなら、それでも能力を守り続ける理由なんて、あるのか。

考えながら、尋ねた。

「貴方はどうして、咲良田から能力が無くなるべきだと考えているんですか？」

宇川沙々音は人に判断を委ねない。

だから津島に尋ねながら、自身の心を注意深く観察していた。なにが正しいのか、判断するのは、心だ。それ以上の理由はいらない。自身の心がどう動くのかだけに、宇川は注目する。

津島は答えた。

「私は、能力が怖い。ずっと昔から怖かった」

「管理局員なのに？」

「怖いから管理局に入ったんですよ。得体のしれない、怖ろしいものに出会って、目を閉じる人はいないでしょう。怖いから、目を逸《そ》らさないために管理局に入りました」

能力に対する恐怖は、あまりよくわからない。

宇川にとって、能力とは手足と同じようなものだ。手があれば人を殴ることも、首を絞めることもできるけれど、自分に両手がついていることに恐怖する人間はいないだろう。同じように、能力でなにができようが、それは恐怖の対象ではない。

能力者なら、自然とそう考える。

「貴方《あなた》は、能力者ではないんですか?」

「違います。知っているでしょう? 咲良田の住民の半分は、なんの能力も持っていないんです」

——ああ、そうか。

能力を持たない人間として。咲良田の半数、そして世界の大多数の代表として、彼は今ここにいる。

能力を持たない人からみれば、能力は、怖い。当たり前だ。

「管理局に入っても、まだ能力は怖いですか?」

「もちろんです。それに、なんだか、悲しくなった」

悲しい、は意外な言葉だ。

それは怖いという言葉に結びつかない。遠く離れた言葉だ。

津島は続ける。

「私は、芦原橋高校で奉仕クラブの顧問をしています。浅井ケイと春埼美空が所属している奉仕クラブです」

あのふたりの名前は、奇妙なタイミングで耳にする。

今みたいに、ふいに重要な話題に紛れ込んでくる。

「それが？」

「ケイや春埼は、やっぱり普通の高校生じゃない。不必要なものを背負い込みすぎている。能力が、色々なものをふたりに背負わせている」

「能力がなければ、浅井ケイが普通の高校生になりますか？」

あの少年が。宇川からみても、異質な彼が。

子供と大人が、人間と怪物が、弱さと強さが奇妙なバランスで共存しているような浅井ケイが、ただ能力を失うくらいのことで、ありきたりな高校生になるだろうか。

「わかりません。でもあいつは、出来るのにやらないでいることが、出来ない。本当はそんな必要もないのに、出来ることは全部してしまう」

「出来ることは、すべてやるべきです」

「貴女《あなた》もそうでしょうね。でも、私は違うと思う。誰かひとりが命を投げ出せば世界を救えるとして、そのひとりが死んでしまう必要なんて、なにもない。怖ければ逃げ出せばいい」

どうだろう？

世界のためなら、ひとりの命を犠牲にするのが正義だと、宇川は判断するけれど。

「場合によってはただの人間が、能力を持っているせいで、英雄のように身を投げ出さなければいけないこともあります。できるというのは残酷だ。破滅は希望の先にあるものです」

宇川沙々音は首を振った。

「それでも人は、希望を持つべきです」

「もちろんです。でも咲良田の能力は、過剰だ。物理法則を超えてなんでもできるような力は、人間の許容量を超えている。そんなものを希望に、諦《あきら》めることもできずに苦しみ続けるのは、悲しくて仕方がない」

津島はまっすぐにこちらをみて、

「能力なんてなくても、人は幸せになれます」

そんな、当たり前のことを、言った。

宇川はじっと自身の心をみつめる。その動向を、ひとつも逃さず観察しようと思う。

だが、わからなかった。

確かに能力は、人が幸せになるための必要条件ではないだろう。

──でも、能力は不必要だと、切り捨てるべきなのかな？

なにかに引っかかる。でもそれは、ただ自身が特別な力を失いたくないという、利己的な感情かもしれない。

──なら、そんなものに、私が流されてはならない。

宇川はじっと心をみつめる。答えは、まだ出ない。

アイスクリームの上のバナナがバランスを崩して落ちて、彼女はチョコレートパフェの存在を思い出した。

＊

「宇川沙々音の協力を得られますか？」

と、隣に立つ索引さんが言った。

「さあね。でも、きっと大丈夫だろう」

手帳をめくりながら、浦地正宗は答えた。

「正義の味方というのは、弱者の味方だと決まっているからね。能力を持たない人間の言葉を無視できるはずがない」

「だから、津島信太郎を使ったんですか？」

「能力を持たない管理局員なら、誰でもよかった。とはいえ彼は、程よく優秀だ。都合の良い嘘をつくことに躊躇《ためら》いがないし、心の底から私の計画に賛成している」

と、手帳に書かれている。

もう津島という管理局員の顔も思い出せないが、過去の浦地自身がそう判断したのならきっと正しいのだろう。

「能力の規制は進んでいるかな？」

それは暴発すると危険な能力という名目で、対策案に記載したものだ。実質的には、浦地の計画の邪魔になりそうなものを順に封じている。

「問題ありません。浅井ケイに関係する能力者は、まだ手つかずですが」

「それでいい」

記憶操作の能力を持つ少女――手帳によれば岡絵里という名の少女を、浅井ケイに近づけるのは危険だ。計画に組み込んだ能力者の中で、あの少女がもっとも不安定な要素だと手帳にある。

――なら、そんなものに、過剰な期待を寄せてはいけない。

管理局に対し、真面目に問題に対処している姿勢をみせておくだけで良い。

「なにもかも予定通りだ。今日中には、すべて終わるだろう」

四〇年間も歪《ゆが》んでいた咲良田が、正常な形を取り戻す時は近い。

＊

病院の売店で買ったビニール傘を手に走りながら、浅井ケイは何本かの電話を掛け、メールを出した。半分は宇川沙々音を捜すことが目的で、半分は保険のようなものだ。浦地正宗の行動を予想したとき、宇川ばかりに集中してもいられない。

それからバスに乗って移動する。

村瀬陽香《ようか》に会うためだ。宇川を捜し出すには、彼女の能力がもっとも適している。先ほどの電話で、ケイは村瀬をあるバスの停留所に呼び出していた。彼女の家のいちばん近くにある停留所だ。

ケイが乗ったバスが停留所に着いたとき、すでに村瀬はそこにいた。雨の停留所。彼女はベンチの隣に立っていた。雨除《あまよ》けのための屋根の下、柱にもたれかかるように。雨の停留所はいつだって二年前を連想させる。そこに女の子がいるならなおさらだ。

村瀬の手元にある傘が青色なのを確認して、ケイは安堵《あんど》した。もし村瀬が赤い傘を持っていたなら、顔をしかめていたかもしれない。二年前、ケイが相麻菫と最後に話をしたのが、バスの停留所だった。あのとき、彼女は、赤い傘を持っていた。

バスのステップを下りて、村瀬に声を掛ける。

「遅くなってすみません」

彼女はちらりと腕時計に視線を向けてから、答えた。

「まだ約束の時間の五分前よ」

それでも雨の日に女の子を待たせるようなことをすべきじゃない、と答えようと思ったけれど、止める。

代わりに言った。

「お願いしたいことは、宇川沙々音という人の捜索です」

「まあ、別にいいけれど。なんだか私の能力、人捜しにばかり使ってるわね」

そんなことはないと思うけれど。

「目的の人に会える能力、というだけでも、充分に便利ですからね」

「そんなの、携帯に電話をかければいいだけじゃない」

「相手の電話番号を知らないことだってありますよ」

それに、相手が電話に出てくれないことも。

「ま、いいわ。行きましょう」

彼女は傘をさして、停留所から歩き出す。ケイも病院の売店で買った、ビニール傘をさした。

聞こえる音すべてに、雨の音が混じる。みえる景色すべてを、雨の音が覆っている。雨の日は世界が普段よりも均一で、それはどちらかというと心地が好《よ》い。それでもケイは雨が好きではなかった。相麻菫と最後に会話をした場面を思い出すから。

「右手、私と宇川沙々音を遮るもの」

と、村瀬陽香はコールした。まず南側の壁に触れる。だが、壁は少しも変化しない。濡《ぬ》れた壁に触れたことが気になったのだろう。彼女はさらに、小さな声で、「右手、雨」とコールした。

「村瀬さんの能力を使えば、傘をささなくてもいいんじゃないですか？」

とケイは尋ねる。全身、雨とコールすれば、彼女が濡れることはないだろう。

村瀬は顔をしかめた。

「実際には濡れないとしても、雨の中を傘もささずに歩きたくないわ」

まあ、それはそうか。ケイだって、実際には濡れていないとしても、雨の中を傘もささずに歩いている女の子をみたくはない。

横断歩道を渡って、村瀬は北側の壁に触れた。手のひらの形に穴があく。この位置から北の方向に、宇川沙々音はいる。

ふたり、歩道を並んで歩いた。角を曲がって、北に向かって進む。

「どうして宇川という人を捜しているの？」

三歩進む間、考えて、ケイは答えた。

「とても悩んでいることがあるんです。ふたつの選択肢があって、そのどちらにもそれぞれの正しさがあります」

「まぁ、よくあることね」

「このままなにもしないでいると、一方の選択肢は消えてなくなるんです。でも僕は、できるなら自分の意思で、それを選びたいんです」

とても傲慢《ごうまん》な話だと思う。

本来なら、ケイが選んでいい選択肢ではないのだ。

悩んでいるのは、咲良田の能力についてなのだから。人間にとって、能力というのは善なのか、悪なのか、考えているのだから。

――でも、僕はそれを選びたいんだ。

すべてケイの思い通りになるのかは別の問題だとしても。

どちらが正しいのか、少なくとも自分の中で、答えを出したい。

「宇川さんに会えば、少しだけ、消え去りそうな方の選択肢を選べる可能性が増えるかもしれません。だから僕は、彼女に会いたいんです」

「よくわからないわね」

「進路に迷っているから、一応はいろんな勉強をしておこう、という感じです」

「貴方《あなた》の進路の話なの？」

「いえ。ただのたとえ話です」

でも、少しだけ似ている。

能力のある街で生きたいのか、能力がない世界で過ごすのが正しいのか、進むべき方向について悩んでいる。

次の曲がり角で、村瀬はまた北側の壁に触れた。やはりそちらに穴があく。こんな風に簡単に、進むべき方向がわかればいいのに。

「じゃあ、なにについて悩んでいるのよ？」

「便利なものと、それがあることによるコストの兼ね合いについて。あるいは人が幸せになるために、どれだけのものを犠牲にしていいのかについて」

意味がわからない、と言われるだろうと思っていた。

だが村瀬は奇妙に真剣な顔つきで、隣の道路を走る自動車に視線を向けた。

「それは、自動車のようなもの？」

「自動車？」

「以前、考えたことがあるのよ。どうして人は、自動車を禁止しないのか」

それから彼女は、傘の向こうからこちらをみた。

「交通事故で、人がどれだけ死んでいるか、知ってる？」

「国内では二時間に一人よりは少し多いくらいだったと思います」

彼女はおそらく、悲しげな表情で笑った。傘で隠れていたから、ケイにはその口元しかみえなかった。

「よく知っているわね。私は去年まで、知らなかった」

村瀬は去年の夏、兄を交通事故で亡くしている。

「この国で車を走らせるコストを人の命に換算すると、少なく見積もっても二時間につき一人になるわ。ちょっと高すぎると思わない？」

彼女がコストなんて、無理に距離を置くような言葉を使うから、胸が痛くなる。そのコストの内の一人が、彼女の兄だ。

仕方なく、ケイは答えた。

「救急車が、それよりもたくさんの人を救えていればいいけれど」

そちらのデータはよく知らなかった。でも、少なくとも交通事故での死亡者数よりは、救急車の利用者数の方が多いはずだ。

「なら、救急車だけ合法にすればいいのよ。あとは全部、取り締まればいい。人の命がなによりも重要なら、そうするべきよ」

反論の難しい意見だった。

実際に車がなくなった社会を、想像することは難しい。様々な面で不都合が生まれ、結果的に人類の平均寿命を縮めることになるかもしれない。流通は社会の中で大きな役割を持つし、今ほど人が長く生きられる社会は、歴史上存在しないのだから。

でも、実際に事故で兄を亡くした彼女に、そう語る意味があるとも思えなかった。

彼女は小さな声で、「それでも」とつぶやいた。

「私は、車に乗るのよ。父さんも車を持っているし、去年までと同じように使っている。少しは安全運転に気を遣うようになったかもしれないけれど、でもその程度よ」

貴方が悩んでいることに似ているかしら？　と彼女に尋ねられて、ケイは頷《うなず》く。

「だいたい、同じようなものです」

彼女は交差点でもう一度、「右手、私と宇川沙々音を遮るもの」とコールして、壁に触れる。まだ北だ。

――手遅れになる前に、みつかればいいけれど。

宇川が能力を使うまでが、とりあえずのタイムリミットだ。

3　同日／午後一時

春埼美空は、昼食のすぐ後に家を出た。

神社を通り抜け、山道に入る。

傘にぱらぱらと雨粒が当たる。濡れた土の地面は、なんだか不安定だ。重心に気をつけて歩く。やがて山道の向こうに、小さな社がみえる。

野ノ尾《ののお》盛夏《せいか》はおそらくいないだろう、と予想していた。今日、芦原橋高校が休みなのは、一昨日《おととい》の日曜日に学園祭があったからだ。でも野ノ尾は芦原橋高校の生徒ではないから、普段通りに授業があるはずだ。

なのに前方の社には、制服を着た少女が腰を下ろしていた。黒い髪と、白い肌の少女だ。彼女は目を閉じている。両側には雨粒から逃れるように身体を小さく丸めた猫がいる。

春埼はそちらに歩み寄る。

「野ノ尾さん」

声をかけると、彼女は目を開いた。

眠っていたのだろうか。ただ目を閉じていただけだろうか。春埼にはわからない。

「おはようございます」

「ああ。おはよう」

「どうして、ここにいるんですか？」

「いないと思ったのに来たのか？」

「はい」

「どうして？」

「なんとなくです」

他にすることがなかったのだ。場合によっては、ひとりで猫たちを眺めて過ごそうと思った。最近はよく野ノ尾に会いに来ているから、多少はここの猫たちにも懐かれている自信がある。

「なんだ。浅井に頼まれて、私に会いに来たのかと思ったよ」

「違います。ただの暇つぶしです」

彼女は、そうか、と頷く。

「私は、浅井に頼まれたからここにいる」

彼女は携帯電話を取り出した。白く細い指先でなにか操作をしてから、モニターをこちらに向ける。

どうやらメールのようだ。送信者の欄に「浅井」とある。

——もし宇川さんをみかけたら教えてください。もしかしたら小さな子供の姿になっているかもしれないので、似た女の子をみつけても連絡してくれると嬉《うれ》しいです。お願いします。

それを読んで、春埼は首を傾げた。

「子供の姿になっているかもしれないというのは、どういうことでしょう？」

「さあ。謎だな」

「謎ですね」

とはいえそのくらいの謎なら、咲良田にはいくらでもあるだろう。わからないことをすべて知ろうとすればきりがない。

「二時間くらい前に、このメールが届いたんだ。ちょうど授業に飽きてきたころだったから、学校を抜け出して、宇川という人を捜すことにした」

野ノ尾盛夏は咲良田中の猫と意識を共有できる能力を持っている。街中に目があるようなものだ。人捜しは得意だろう、けれど。

「野ノ尾さんは、宇川沙々音と面識がありましたか？」

「先月、夢の中で会ったよ。ちょっと顔をみただけだが、覚えている。リュックを背負った女性だ」

とくに期待もせずに尋ねる。

「みつかりましたか？」

野ノ尾はあっさりと頷いた。

「みつかった。商店街の少し先にあるコーヒーショップの前でみかけたよ。とくに幼くなっている様子はない。知っているままの姿で、車の助手席に乗っていた」

だから私は目を覚ましたんだ、と野ノ尾は言った。

「では、早くケイに連絡してください」

無駄話をしている場合ではない。

「君が連絡しないのか？」

ほんのわずかに迷ったが、春埼は首を振る。

「いえ。野ノ尾さんからお願いします」

野ノ尾は軽く首を傾げて、ケイに電話を掛けた。

その間に、石段で身体を丸めていた猫が起き上がり、野ノ尾の膝《ひざ》に乗ったので、春埼は空いたスペースに腰を下ろす。傘を閉じて脇に立てかけた。

簡単な連絡を終えて電話を切った野ノ尾は、しばらくこちらの全身を眺めてから、口を開いた。

「肩が濡《ぬ》れているよ」

春埼は自身の肩に視線を向ける。

右側の肩が濡れ、ブラウスが肌に張りついている。傘をさしていたのに、どうしてだろう？　あまり雨に注意していなかったからだろうか。

「濡れていますね」

他に答えようもない。

野ノ尾は彼女の鞄《かばん》を手に取り、タオルを取り出す。

「猫のためのものだが、今日は使っていない。拭《ふ》いた方がいいよ。風邪をひくかもしれない」

「ありがとうございます」

タオルを受け取り、とん、とん、と叩《たた》くように肩に押し当てる。

隣で、野ノ尾は微笑む。

「あまり雨を気にしないんだな」

「いつもはもう少し濡れないように気をつけています」

よほど横風が強くなければ、傘をさしていて肩を濡らすようなことはない。

「じゃあ、今日は雨よりも気になることがあったのか？」

なんと答えればいいのかわからなくて、春埼はタオルを肩に押し当て、空をみた。

雨はざあざあと音をたてて降り続く。

電波の悪い無線機のノイズを連想した。それは遠くにいる誰かと、不安定な力で繋《つな》がっているときの音だ。きっとケイも、同じ音を聞いている。

「話したくなければいいんだ。ただの好奇心だから、相手にする必要はない」

野ノ尾の言葉に、春埼は首を振る。

「言葉を探していただけです」

正しい言葉を探すのは、とても難しい。

野ノ尾は口元で微笑む。

「嘘をつきたいわけじゃないなら、思ったことをそのまま口にすればいい。間違えてしまったら、後から訂正すればいい。私は君の、間違った言葉まで聞きたいよ」

「間違った言葉に、価値はありますか？」

「正しい言葉と同じくらいにはあるんじゃないかな。なにをどう間違えたのかを知ることが大切なのだと、ある人が言っていた」

「会話とは、そういうものですか？」

「元々は算数の話だった。ま、会話も同じようなものだろう」

そうだろうか。そうかもしれない。

薄い氷の上に足を踏み出すように、春埼美空はひっそりと話し始める。

「一昨日《おととい》、大事件がありました」

「へぇ。どんな？」

「あらゆる幸福をひとまとめにしたような事件です」

「なんだ。悪いことではないんだな」

「まったく違います」

一昨日、南校舎の屋上で、浅井ケイと話をした。

彼は春埼がいちばん欲しかった言葉をくれた。だから春埼は、彼の前で、自然に笑うことさえできた。

「私は、幸せです」

「それはよかった」

「本当に幸せなのに、まだ不満なのです」

テストの問題にすべて正解したのに、満点を取れなかったような気分だ。理想に届いたはずなのに、まだ足りない。私はとても欲深いのだ、と思う。

「今朝、ほんの少しだけ、ケイに会いました」

「うん」

「彼と別れるとき、私はいってらっしゃい、と言いました」

「それで？」

「それだけです」

野ノ尾は膝の上に乗った猫の背を撫《な》でる。

「君がなにを問題にしているのか、わからないな」

でも、きっとケイにはわかったはずだ。

「さようならではなく。また会いましょうでさえなく。いってらっしゃいと、私は言ったのです」

まるで占有権を主張するように、戻ってくることが当然なのだと彼に言い聞かせるように、その言葉を選んだのだ。

「最近の私は、こんなにも我儘《わがまま》です」

我儘で、醜いのだと思う。

野ノ尾は小さく声を上げて笑った。膝の猫が、驚いた風に首を持ち上げる。

「やっぱり、問題点がよくわからないな」

「そうですか？」

「うん。君は、我儘ではなくなりたいのか？」

尋ねられて、気がついた。

――そんなことはない。

我儘な感情を、捨て去りたいとは思わない。それはきっと重要なものだ。決して失いたくはないものだ。

「私は、我儘でいたいです」

「なら問題ないだろう」

「でも私の我儘が、ケイに迷惑を掛けるのは嫌です」

「なるほど。複雑だ」

野ノ尾は顔を上げた猫の、首の辺りを撫でる。

「でもきっと、君の我儘は、浅井の迷惑にはならないよ」

「そうなら、良いですね」

とても良い。

——もし私の我儘が、彼の幸福と同じものなら素晴らしい。

でも、違うのだ。

「私の、本当の我儘は、いってらっしゃいでさえないのです」

今朝会ったとき、ケイは疲れていた。きっと、とても疲れていた。

本当は彼について行きたかったのだ。疲れきった彼の隣に立ち、大げさにいうなら護《まも》りたかったのだ。それが、春埼美空が本当に望んでいることだ。

——でも、彼が呼び鈴を押さなかったから。

ケイは春埼を呼び出そうとはしなかったから、ついて行くことができなかった。求められてはいないから、迷惑になるのが怖くて、見送るしかなかった。いってらっしゃいなんて言葉で、無意味な抵抗をするのが精一杯だった。

「私はもっと自然に、ケイの隣にいたいのです」

できるなら、そうありたい。

彼が疲れているとき、当たり前のように手を差し出したい。

——それには、今のままではいけないのだ。

きっと色々なものが足りていないのだと思う。今、彼の隣にいても、できることなんてなにもない。

「いつだってケイの力になれるくらい、私は優秀になりたいのです」

きっとそれが叶《かな》ったとき、春埼美空の我儘と、浅井ケイの幸福は同じものになる。なにかを躊躇《ためら》う必要もなく、彼と共にいることができる。

「なるほど」

楽しげに、野ノ尾盛夏は笑う。

「私は人と一緒にいることに、優秀さなんて関係ないと思うよ。でも、頑張りたいなら頑張ればいい」

彼女がそう言った、直後だった。

不意に雨の音が消えた。消えてようやく、雨音のことを思い出した。雨音とは気がつけば忘れているものだ。

光が射す。強い光だ。ふいに世界が輝いた。

雲の隙間から射す光なら、あるいは希望の象徴のようにみえたかもしれない。だが、違う。もっと極端だ。

見上げれば空から分厚い雨雲が、すべて消え去っていた。

雲ひとつない、なにひとつない、真っ青な空が唐突に現れた。その清々《すがすが》しい青は、だが唐突に現れたというだけの理由で、奇妙な圧迫感を持って覆いかぶさる。

――なにが、起こったのだろう？

隣をみると、野ノ尾の表情から笑みが消えていた。

彼女は立ち上がり、山道を進む。少し先では木が途切れ、より遠くまで見渡すことができる。春埼もその後ろに続いた。

「あれは、なんだ？」

野ノ尾がつぶやく。

あれ、という言葉がなにを指しているのか、取り違えようもない。

どこまでも続く青空の下、咲良田を見下ろすと、否応なく目に入った。

道路と建物の一部を侵食するように根を張り、あらゆる建造物よりも高く。

街の一角に、巨大な塔のような木が生えていた。

＊

空から雨雲が消え去るほんの一〇分前に、浅井ケイは電話を受けた。野ノ尾盛夏からの電話だ。

野ノ尾の話は簡潔だった。

ちょうど今、ケイたちがいる商店街を抜ければ、小さなコーヒーショップがある。コーヒーショップの前に、黒いセダンが停まっている。その助手席に、宇川沙々音がいるらしい。

ケイは礼を言って電話を切る。それから、隣を歩く村瀬に目を向けた。

「宇川さんがみつかりました。すみません、少し急ぎます」

言い終わる前に、歩調を速める。村瀬もそれに合わせた。

「どこにいたの？」

「近くですよ。急げば一〇分で着きます」

「結局、私の能力は無意味だったってことよね」

「そんなはずがありませんよ。村瀬さんの力で、宇川さんのすぐ近くまで来ていられました。それにこれから宇川さんが移動するとして、貴女《あなた》がいれば的確に後を追うことができます」

「そう」

村瀬は不機嫌そうな表情で、ちらりとこちらの顔をみてから、言った。

「走りたければ、走ってもいいのよ」

ほんのわずかな時間、ケイは迷う。

「すみません。では、先にいきます」

軽く視線を下げて、ケイは駆け出す。足音で、村瀬も後に続いたことがわかった。でも彼女のことは気にせず速度を上げる。

――急いだ方が良い。

浦地正宗の計画において、宇川沙々音が重要な意味を持つというのは、まだ推測の域を出ない。加えて浦地の計画がどこまで進行しているのかもわからない。はっきり言えば、なにもわからない。だが安心できる材料がない以上、急いだ方がいい。

宇川沙々音が車に乗っていた、というのが気になる。彼女は歩くことを好む。あまり乗り物は利用しない。

――黒いセダン、か。

青い軽自動車なら、もう少しわかりやすいのだけれど。以前、ケイが加賀谷によって魔女の下まで送り届けられたときも、黒いセダンに乗った。

断定はできない。でも、すでに加賀谷か、あるいは索引さんか――浦地正宗の関係者が宇川沙々音に接触している可能性もある。

――まったく。いかにも宇川さんらしい立ち位置じゃないか。

彼女は紛れもなく正義の味方だ。

だが、タロットカードで表現するなら、その性質は「正義」よりも「審判」に近いように思う。彼女は正義に味方する。逆説的に表現するなら、彼女が選んだ方が正義だ。

今回も、気がつけば彼女が決定権を握っている。

おそらく彼女の行動ひとつで、咲良田の能力の未来が決定する。

傘をさしているのが面倒になって、ケイはそれを閉じる。ちょうどコンビニの前に通りかかり、そこにあった傘立てに突き刺した。マナーが悪いが、あとで買い物をして許してもらおう。

風は正面から吹いていた。勢いの良い雨が顔に降りかかる。一粒が目元におちて、視界が滲んだ。手のひらで乱暴に拭《ぬぐ》う。

商店街を通り抜け、綺麗《きれい》に舗装された道路に出た。

前方、信号をふたつ越えた先に、野ノ尾から聞いたコーヒーショップがある。その脇に黒いセダンが停まっているのが、小さくみえた。

――あれだ。

だが信号には赤いランプが点灯していた。交通量もそれなりに多い。立ち止まるしかない。

足を止めると、雨がアスファルトを叩《たた》く音がよく聞こえた。ケイは両膝《りょうひざ》に手をついて上がった息を整える。

目の前を通過していく自動車の車間から、黒いセダンを睨《にら》む。それはテールランプもつけず道路の脇にただ停まっている。だが、次の瞬間、ケイの視界から走り去ってもおかしくはない。

道路の両脇には街路樹が並んでいた。そのうちの一本、ちょうどケイと、黒いセダンとの中間ほどにある木が目に留まる。

その木は枝をすべて切り落とされていた。

幹だけが残り、歪《いびつ》な形の電柱みたいだ。なにか事情があるのだろうが、傍目《はため》には痛々しくみえる。

同じように感じたのだろうか、ひとりの青年が、枝のない木の傍らに立っていた。ビニール傘をさした青年は、落ち込んでいる友人の肩を叩くような手つきで、その木に触れた。

直後に。

その木が、膨張した。

咄嗟《とっさ》には思考できなかった。ケイはただ、その木を眺めていた。

急速に、高く、太く、一本の木が成長していく。

幹から無数の枝が突き出る。枝からはさらに細い枝が。細い枝からは葉が。重たい灰色の空を侵食し、瑞々《みずみず》しい緑が広がる。

青年は後ずさってその木から離れるが、まだ成長は止まらない。

地響きのように、重い音が聞こえていた。成長を続ける木はアスファルトを砕いて歩道と車道にまたがって根を張り、太い枝が隣にあるクリーニング店にめり込む。

誰もが、茫然《ぼうぜん》とそちらをみていた。

高く盛り上がった根にぶつかった自動車が横転し、フロントガラスの破片が散る。傘をさしたまま自転車に乗っていた男性が、それに気を取られて転倒する。その自転車のかごから手提げ鞄《かばん》が飛び出て、木の幹にぶつかる。直後に鞄はアスファルトを割って伸びる根に摑《つか》まれ、覆われて、消えた。男性が這《は》ったまま木から離れる。

あらゆる人が、人工物が、なすがままになっていた。数千年の時間を飛ぶように、急速に成長する木に街の一角が侵略されていた。周囲のあらゆる建造物よりも高く、灯台ほどの規模にまで成長し、その木はようやく、変化を止めた。

割れたアスファルト。盛り上がった根にぶつかって横転した自動車。身動きさえ取れない人々。それらを巨大に成長した木が悠然と、王のように、主のように、見下ろす。

――そういう、ことか。

ケイはようやく、理解する。

どうしてこの場所に宇川沙々音がいたのかを。

信号が青に変わる。どこか気の抜けた音程で、歩行者用のメロディーが流れる。

だが誰も動かない。車も、歩行者も。茫然と木を眺めていた。幹がめり込み半壊したクリーニング店からエプロンをした女性が現れ、呆《あき》れた風に天を仰ぐ。

その中で、浅井ケイだけが、黒いセダンを目指して走り出した。

＊

宇川沙々音はその木の成長を、黒いセダンからみつめていた。

なにかが起こるのだろうとは思っていたけれど、なにが起こるのかは知らなかった。

隣の運転席には津島信太郎がいる。宇川は彼に尋ねた。

「こうなることを、知っていたんですか？」

「このことだけは、知っていました」

「どうして？」

「わかりません。管理局が掴んだ情報です」

名前のないシステムが残した情報だろうか、と宇川は予想する。未来に起こることを知っていたなら、それは未来視能力者の力だと考えるのが自然だ。

「どうして、放置したんです？」

彼は疲れた風にため息をついて、答えた。

「もちろん貴女にみせるためですよ。宇川さん」

彼は座席を少し倒し、頭の後ろで手を組んで、続けた。

「さぁ、ご自由に。善悪を判断してください」

――言われるまでもなく、わかっていた。

ひとりの青年が、枝を切り落とされた街路樹を憐《あわ》れんだ。

理由はたったそれだけだ。それが、原因のすべてだ。

「彼は意図して、能力を使いましたか？」

宇川の質問に、津島は首を振る。

「調査してみなければわからない。でも、おそらくは無意識でしょう。昨日の二件は、共に能力者さえ、能力を使った自覚がなかった。もし仮にこの一件だけが意図的だったとしても、今この街で起こっている問題の本質は変わりません」

連続する、能力の暴発。

――咲良田の、能力。

それは無意味な祈りに意味を持たせる。願っただけで、結果を与える。

だが、どれだけ正しい願いから生まれても、その結果が正しいとは限らない。

力強く育ちすぎた木は、道路と建造物を壊し、交通を一時的に麻痺《まひ》させた。壁のような根にぶつかって横転した車もある。中にいた人は、まったく無傷ということはないだろう。そしてあの木はそう遠くない未来に、人の手によって排除されるはずだ。

木を切る人が悪いのか。成長しすぎた木が悪いのか。健やかに育つ木を願った青年が悪いのか。

そのどれにも罪がないなら、悪いのは、咲良田の能力なのだろうか。

ただの願いを願いのままに留《とど》めなかった能力に、問題があるのだろうか。

――本当に危険な能力が暴発すれば、こんなものじゃない。

認めざるを得ない。

――私の能力が暴発すれば。

世界が壊れることだって、あり得る。

「わかりました。これは、危険だ」

宇川沙々音は判断する。自身の心に従って、正義としての行動を選ぶ。

――今、目の前で起こっているのは、問題だ。

強引にでも、排除すべき問題だ。

宇川はポケットから鉄の塊のような、ごつごつとした指輪を取りだし、左手の薬指に嵌《は》める。

「咲良田から、能力を排除しましょう」

目を閉じる。修正された世界を想像する。

宇川沙々音が能力を使用し、能力の暴発だと証言すれば。

管理局は、最後の決定を下す。

＊

黒いセダンに向かって、浅井ケイは走る。

三度目の、能力の暴発事故が発生した。その現場に宇川沙々音がいる理由なんて、ひとつしか考えられない。

――これで、彼女を説得するつもりだ。

咲良田から能力を消し去ることを、宇川に選ばせるつもりだ。

問題に直面したとき、彼女は自身の心に、どの選択が正しいのかを問う。

――宇川沙々音は、もう選択したのか？

能力は正しいのか、間違っているのか。

彼女は、どちらを選んだ？

黒いセダンが近づく。助手席の宇川沙々音がみえる。目を閉じていた。

――後者だ。

彼女は、能力を使う。

――いったい、いつ選んだ？

彼女の能力の発動まで、必要な時間はおよそ一分間だ。たった一分間で、すべて決まる。

残り時間は、あとどれだけある？　一〇秒か？　五〇秒か？

能力の使用を止めさせるには、なんらかの手段で、彼女の集中力を乱すしかない。

――間に合うのか？

そう考えたとき、運転席にいる男性と、目が合った。

意外だった。

宇川沙々音と共にいるのは、浦地正宗か、索引さんか、あるいはあの加賀谷という寡黙な管理局員だろうと考えていた。

でも、違う。

そこにいたのは、ケイがもっともよく知る管理局員だ。

――津島、先生？

どうして？　いや、でも。

津島信太郎が能力を否定するのは、理解できる。

彼は、村瀬陽香が七月に事件を起こしたのは、能力が原因だと考えていた。それにケイに対しても、もう能力の問題には関わるなと繰り返し語った。

津島信太郎は初めから、能力を否定する立場にいた。

――なら。

ケイは歯を食いしばって走る。

黒いセダンまで、あと一五メートルといったところ。

――僕は、どっちだ？

能力には、被害者がつきまとう。たとえば魔女。たとえば境界線を作るふたりの能力者。そしてたとえば、相麻菫。みんな、能力なんてなければ、きっと苦しむ必要なんてなかった。もっと平凡に生きていられた。

でも、もちろん、正しく使われた能力だってある。もちろん、能力によって救われた人だっている。

能力を残せば、犠牲になる人がいて、救われる人がいる。

能力を無くせば、犠牲になる人がいて、救われる人がいる。

だから、理性で選ぼうとすると、迷う。

どちらが正しいのかわからなくなってしまう。どちらも、間違っているような気がしてしまう。

――でも。

黒いセダンまで、あと一〇メートル。

浅井ケイは、ようやく理解する。

——僕の答えは、ずっと昔から決まっていたんだ。

二年前のことだ。

リセットを使った直後に、相麻菫は死んだ。リセットの前には生きていた彼女が、死んでしまった。

それでもケイは、リセットを使い続けることを決めた。

能力を利用して生きるのが正しいのだと、判断した。

——きっと僕の感情が、そちらを選んだんだ。

特別な力を否定して。

悲しみを受け入れて。苦しみに耐えて。できないことは、できないと割り切って。限られたものから最良を探すのが、頭の良い方法なのかもしれないけれど。理性的で、優秀な人間のやり方なのかもしれないけれど。

でも、本当に悲しいとき、それを受け入れるのが正解なのか。

全部、諦《あきら》めろというのが、正義なのか。

たとえば能力で救われた人に、やっぱり間違いだったから、もう一度苦しめというのが正しいのか。

黒いセダンまで、あと五メートル。

——そんなわけが、ないだろう?

涙が綺麗《きれい》なのは、悲しみが綺麗だからだ。悲しみが綺麗なのは、不幸を受け入れられない心が綺麗だからだ。

人の心は、悲しみを否定するから、綺麗なんだ。その我儘な感情が美しいんだ。

だからケイは我儘に、悲しみを消し去りたいと願う。

なにをしてでも、能力を使ってでも、世界中から悲しみが、跡形もなく消え去ればいいと願い続ける。

あと、四メートル。

――これは、僕の感情だ。

論理的な説得力なんて、どこにもない。

三メートル。

でも今だけは、感情にすべてを委ねることを、浅井ケイは決める。

アスファルトを蹴《け》った。二メートル。走って来た勢いそのままに、黒いセダンに向かって跳ぶ。一メートル。強引に右足を突き出して、靴底で踏みつけるように。ゼロメートル。思い切り、助手席のドアを蹴りつける。

大きな音が響いた。車体が揺れ、驚いた風に宇川沙々音が目を開く。

――間に合った、か？

運転席の津島がこちらに顔を向けて、苦笑に似た笑みを浮かべる。彼は右手の人差し指を立てて、上空を指さした。

ケイは空を見上げる。

強い光。

いつの間にか重たい雨雲が、跡形もなく消え去っていた。

本当に、ただ純粋な青空が、そこにあった。目が痛い。

窓が開く。津島信太郎の声が聞こえた。

「お前は、間に合わなかったんだよ」

そんなことは、わかっていた。

宇川沙々音は生き物以外なら、どんなものであれ作り変えられる能力を持っている。見渡す限りすべての雨雲を消し去ることだって、できる。

――どこがいけなかったのだろう？

昨日、一晩もかけて悩んでいたことか。宇川の捜索よりも夢の世界で情報を集めることを優先しようとしたことか。木が成長を始めたとたんに駆け出さなかったことか。あるいはもっと、もっと本質的な、別のなにかか。

全身から、力が抜けた。

「先生」

なんにもない空を見上げて、ケイは尋ねる。

「遠くに行くときに、車に乗るのは問題ですか？」

「いや。好きなだけ乗ればいい」

「大好きな人といつでも話ができるように、携帯電話を使うのはルール違反ですか？」

「もちろん、いくらでも使えばいい」

「生まれ持った才能で活躍するのは、美しい容姿で人に好かれるのは、資産家の家に生まれて贅沢《ぜいたく》な生活を送るのは、間違ったことですか？」

「すべて正しい。なにも間違っていない」

なら、どうして。

「どうして咲良田の能力だけが、問題なんですか？」

大抵の言葉には、反論できると思っていた。

能力と同じように便利なものも、能力と同じように不平等なものも、能力と同じように危険なものも、能力と同じように理屈のわからないものも。

この世界には、初めからある。それを受け入れて、活用して、人は文明を築いた。

――能力に、問題なんてない。

もし問題だというなら、この世界は、問題だらけだ。

だが、津島は答えた。

「なんとなく、ずるい気がするからだよ」

その乱暴な言葉を、津島信太郎はいつも通りに疲れたような、でも柔らかく、優しい口調で語った。

「俺たちはなんとなく生きているんだ。よくわからないけれどずるい気がして、たぶん問題だろうと思う。なにかを否定するのに、それ以上の理由なんていらない」

なんの論理性もなくて、だからなによりも正しいことを、彼は語った。

そんなものに反論できる言葉を、ケイは持っていなかった。

「ケイ。お前もただの高校生になれ。恋と夢と将来の不安に必死になっていろ。余計な荷物まで抱え込む必要はないよ。いつか、なにかを諦めて、平凡で幸せな大人になれ」

とても疲れていた。他の表情を作れなかった。

だから、浅井ケイは笑う。

「それが嫌なんですよ」

ひとつも、諦めたくはないんだ。

津島信太郎も笑う。

「子供は、我儘を言うもんだ」

「大人は、自分の考え方が常識だと思い込んでいるものです」

「当たり前だろ」

津島は運転席の座席を起こし、シートベルトを締めた。

「思い込みで、世の中はできてんだよ」

自動車の窓が閉まって。

黒いセダンが、ケイの前から走り去った。

＊

ふいに晴れ渡った空の下を、深い青色の軽自動車が走っていた。

後部座席に座った浦地正宗は、空を見上げて笑う。

「良い天気だねぇ。ほら、空が綺麗だと、水たまりまで綺麗だ」

前方の道路にできた大きな水たまりには、純粋に青い空が映っている。

それを踏みつけて、きらきらと光る飛沫《しぶき》を上げて、深い青色の軽自動車は走る。

運転席に座った索引さんが言った。

「宇川沙々音が、能力を使ったんですね？」

「うん。とても素敵な使い方だ。綺麗で、幸福で、管理局にとっては大問題だ」

雨雲は目立つ。とてもよく目立つ。宇宙からだってみえるし、世界中の国々が観測している。

そんなものを纏《まと》めて消し去るようなことが、問題でないはずがない。

浦地正宗は、手帳の最後の行に、「完了」と書き込む。

「これで、お終《しま》いだ」

もっとも危険な能力者が、能力を使用した。それが暴発だったとして処理すれば、すべて終わる。今朝成立したばかりの対策案に記載された、最後のラインを越えている。

管理局はルールに従い、決定を下す。

——ほどなく、誰もが能力を忘れる。

あんなものが、この世界に存在していることを、さっぱりと忘れてしまう。

「私たちは、正しいことをしていますか？」

索引さんの声は硬い。

「どこが間違っているというんだい」

「無理やりに三人の能力を暴発させたことは、正しいことですか？」

交差点の事故、スーパーマーケットの笑い声、そして急速な木の生長。

すべて意図的に引き起こしたものだ。二代目の魔女の未来視と、浦地正宗の能力で、それらは用意された。

だが。

「私がなにもしなかったところで、同じ事故が起こらなかったとは言い切れない」

「名前のないシステムが予言しませんでした」

「それは今回の件もだよ。私の計画を、彼女は予言することができなかった」

もし浦地の計画をすべて管理局が知ったとして、それでも結果は変わらないだろう。

事故であれ、人為的なものであれ、管理局の構造が脆弱《ぜいじゃく》だということは証明された。

名前のないシステムは絶対ではなく、人間が能力を管理することなど不可能だ。

「私は元々この街が抱えていた問題を指摘してみせただけだよ。管理局はようやくその問題と向かい合い、正しい決断を下す」

　これでようやく、咲良田は正常になる。

「君はいまさら、私たちが間違っていたと言いたいのかな？」

　索引さんは、長い間、沈黙していた。

　深い青色の軽自動車は速度を落として角を曲がる。晴れ渡った空の向こうに小さな鳥が二羽飛んでいるのがみえた。

　ようやく、索引さんは答える。

「いえ。すみません。少し緊張していただけです」

「緊張？」

「はい。どんなものであれ、四〇年あった歴史を消し去るのは、怖いものです」

　咲良田から能力に関するすべての情報を消すというのは、つまり人々の記憶と認識を書き換えるということだ。これから咲良田の住民は、能力が存在しない、自然だが偽物の記憶を持って生きていく。

　もうすぐ咲良田の四〇年間の歴史が、捻《ね》じ曲がる。

　人々の頭の中だけで、大規模な歴史の改変が行われる。

　しかし、そんなもの、

「気にするようなことじゃない」

　間違いは、正されるべきだ。

「変化というのは、常に怖ろしい。正しい変化だとわかっていても怖ろしいのが、正常な感覚だ。でもね、四〇年もずっと間違っていたことが問題なんだよ。正しくなることを怖れずに進むのが、勇気だ」

小さな声で、「わかります」と索引さんは答える。

彼女がまだ、本心から納得できていないことは明白だ。だがそれは決して納得を得られない種類の問題だろう。

――ま、どうでもいいことだ。

準備はもうすべて整っているのだ。今夜には、すべて終わる。索引さんが浦地の協力者でなければならないのは、あとほんの数時間だけだ。たった数時間、彼女が正常に機能していれば、それでいい。

だからなにかを誤魔化すために、本質的には無意味なことを口にする。

「私はこの街が嫌いだ。でも、街の名前だけは好きだ」

「名前、ですか？」

「咲良田。サクラダ。スペインで、聖なる、という意味を持つ言葉に似ている」

「サグラダ・ファミリアですか？」

「そう。それは聖家族という意味だね。確かカタルーニャ語だ」

浦地は再び、窓から空を見上げた。

雲ひとつない空は、それだけで神々しい。

以前、二代目の魔女が初めて電話を掛けてきたときに、彼女は言った。

——咲良田をリセットするのが、貴方《あなた》の計画よ。

浦地正宗はその記憶を、破棄してはいなかった。

リセット。再配置。良い表現だ。

「聖なる街を、正しい手段で再生する。再配置して、間違った部分を取り除く。素晴らしいことだと思わないかい？」

この街に、聖なる再生を。

「それだけが、私の望みだ。私はこの街を好きになりたいんだよ」

戸惑った風に索引さんが頷《うなず》くのが、後部座席からでもみえた。

そして深い青色の軽自動車は、目的地に到着する。

小さなワンルームマンションの前だった。

4　同日／午後一時三〇分

浅井ケイは、ひとり帰り道を歩いていた。

とても疲れていた。シャワーを浴びて、みんな忘れて、眠ってしまいたい気分だ。でも、まだなにも終わっていないことも知っていた。

頭の中に、相麻菫の声が響く。

――お疲れさま、ケイ。

彼女からの指示は、全部でよっつだ。

ひとつ目でゴミ拾いをして、ふたつ目でチキンカレーの材料を買った。みっつ目は今朝、春埼に文庫本を一冊プレゼントするだけでクリアした。

でも、最後のひとつが残っている。

耳元で囁《ささや》くように、相麻菫の声が聞こえる。

――最後のお願いよ、ケイ。貴方の部屋のシャワーを貸してもらえる？

なぜ、シャワーなんだ？

最後までわけがわからない。

――未来視によると、どうやら私は、貴方の部屋でシャワーを浴びなければいけないらしいのよ。

あの手狭なユニットバスに、未来を左右するような秘密があるとは思えない。

――これで、本当にもうお終い。約束通り私が知っていることを、みんな貴方に教えてあげる。ついでにとっても美味《おい》しいチキンカレーを作りましょう。

彼女の言葉を聞いて、ケイは自分がとても空腹だと気づいた。昨日の昼、春埼とツナサラダクレープを食べてから、なにも口にしていない。

——午後四時ごろに、貴方の家にいくわ。

そう言って、彼女の言葉は途切れた。

ケイは軽く伸びをして、大きく息を吸い込む。それからゆっくり息を吐きだす。心を落ち着けるために。

とりあえず部屋に戻って、掃除機をかけようと決めた。

ワンルームマンションの前までたどり着いたとき、道端に、深い青色の軽自動車が停まっているのをみつけた。

ケイは内心でため息をつく。

自動車のドアが開き、ふたりの管理局員が現れる。索引さんと、浦地正宗だ。

浦地の方が言った。

「やあ、浅井くん。久しぶりだね」

彼は相変わらず微笑んでいる。

ケイも笑って答えた。

「お久しぶりです。なにかご用ですか？」

「うん。君にはふたつ、用件がある。ひとつは管理局員としての仕事だ。もうひとつは私用だね。どちらからいこうか？」

「どちらでも」

「では、手早く仕事を終わらせてしまおう。心苦しいんだけれどね。管理局員として、君の私物を一部、押収しなければならない」

胸の中では顔をしかめながら、表面だけはにこやかに、ケイは尋ねる。

「たいしたものは持っていないはずですが、なんでしょう？」

「心当たりはないかな？」

「さぁ。これといって」

索引さんが、疲れた風に首を振る。

「その言葉は、嘘です」

相変わらず笑ったまま、浦地は肩をすくめた。

「嘘はよくない」

「自信がなかったんですよ」

「なんだと思う？」

そんなの決まっている。

「写真、かな」

「そう。一〇分間だけの、インスタントな未来視能力者だよ」

佐々野宏幸《ひろゆき》の能力。破ればそこに写っている、過去の風景を再現する写真。

相麻菫が写った写真を、ケイは持っている。彼女を写真の中から連れ出すときに使ったものだ。一度破ったけれど、そのすぐ後にリセットを使ったから、写真もまた元の状態に戻った。

「渡してもらえるかな？」

「それはできません」

「困るね。君が抵抗すると、とても面倒なことになる」

「そんなつもりはありませんよ。相麻菫の写真は、もう破ってしまったんです」

どうせこうなるとわかっていたから、昨日の夜のうちに破り捨てておいた。

浦地は索引さんに視線を向ける。

索引さんは、「嘘ではありません」と答えた。

「なるほどね」

浦地は頷く。

「不思議だと思っていたんだ。君はいつも都合よく、事件の現場に居合わせる。まるで未来を知っているように。写真を使って二代目の魔女に会ったのなら、納得がいく」

それは、違う。

ケイはただ写真を破り捨てただけだ。相麻に会ったわけではない。あの写真は、写真に写っている場所で破らなければ効果がない。

だがそんなことをわざわざ説明するつもりはなかった。

浦地は楽しげに笑ったまま、こちらの顔を覗《のぞ》き込んでいる。

「相麻という女の子の写真がないことはわかったよ。でも、もうひとりの魔女はどうだ

「もうひとり、ですか」

「初代の魔女。名前のないシステム。呼び方はなんだっていいけどね。君はそちらの写真も、持っているんじゃないかな？」

「どうして、そう思うんですか？」

「理由なんてないよ。もし本当に持っていたら困るからね。一応、確認だ」

──その言葉は、嘘だ。

きっと浦地正宗は、八月に魔女が、管理局のビルから抜け出した方法を知っている。だからケイが、魔女の写真を持っている可能性を疑ったのだろう。

意図してため息をついて、答えた。

「はい。持っていますよ」

「まだ破っていない？」

「破っていません」

「じゃあ、それを渡してもらおう」

「仕方がないですね」

ここまでは、まぁ予定通りだ。

「他に佐々野宏幸の写真を持っているかな？」

「いえ。僕が持っている佐々野さんの写真は、その一枚だけです」

嘘ではない。もう魔女の写真しか、手元には残っていない。きっと、浦地正宗の予想通りに。

彼は満足げに頷《うなず》いた。

「なら、それを回収すれば、管理局員としての仕事はお終《しま》いだ」

それはよかった。いつまでも、索引さんの前で会話をしていたくはない。

「待っていてください。写真を取ってきますよ」

「いや。その前に、私用の方も済ませてしまおう」

この先の会話は、上手《うま》く想像できていない。ケイは苦労して笑みを維持する。とても疲れているのだ。早く終わらせてしまいたい。

「なんですか？」

「ただの好奇心なんだけれどね、君は今回の出来事を、どこまで理解していたんだい？」

「なにも知りませんよ」

でもこの答えでは、索引さんに「嘘です」と言われてしまうだろう。仕方がないので、ケイは付け加える。

「ただ、予想しているだけです」

「君の予想を聞きたいものだね」

「では」

言葉を選ぶのも面倒で、ケイはストレートに答えた。

「犯人は、貴方《あなた》です」

「犯人？　なんの犯人だろう？」

「決まっていますよ。昨日から咲良田で起きた、四件の能力暴発事件です」

浦地正宗は首を振る。

「あれは事故だよ。犯人なんていない」

「事故を意図的に引き起こしたなら、その人物が犯人です。貴方は、貴方の能力で、事故が起こる環境を作った」

他には、考えられない。

浦地は表情を変えない。当たり前だ、という気がした。彼がただの高校生の言葉に動揺する理由はない。

「興味深い話だ。続けて」

「そんなに話すこともないけれど」

昨日、非通知くんは言った。

――すべての能力者は一度、能力を暴発させているようなものなんだよ。

それは、生まれて初めて能力を使うときだ。自身が能力を使えるとも知らないまま、ついうっかりその力を使ってしまうときだ。

「貴方は能力者たちの時間を巻き戻した。彼らがまだ、自分の能力を知らなかった時間まで。自分の能力を知らない能力者は、自然と能力を暴発させます」

それが、今回の事件の仕組みだ。

浦地は首を傾げる。

「どうして君は、そんな突拍子もないことを考えたんだろう？」

「わかりやすい証拠があったからですよ」

昨日の夕刻の時点で、もうわかっていたことだ。

ケイは携帯電話を取り出して、データフォルダを開く。非通知くんから受け取ったメールに添付されていた画像だ。

「これが、なんだかわかりますか？」

浦地は首を傾げる。

「さぁ。女の子の写真みたいだね。君のガールフレンドかな？」

「いえ。残念ですが、面識はありません。彼女は昨日、交差点で能力を暴発させました」

そのせいで、交通事故が起きた。連続する能力暴発事件の一件目だ。

「それが？」

「僕はそのとき、現場にいたんです。もちろん彼女の姿もみています」

ゴミ拾いの最中に、道路の向こうから走って来た少女。横断歩道を渡ろうとして、転んでしまった女の子。ケイはその場面を思い出す。

走って来たのは、一〇歳ほどの少女にみえた。

でも携帯電話に表示されている少女は、中学生といったところだろう。二、三歳は年上のようだ。

「どうして僕の記憶にある少女とこの写真で、年齢が違うんでしょうね？」

非通知くんからの情報によれば、彼女は今、一三歳。能力を手に入れたのは二年前、一一歳の時だ。

ケイが交差点でみた彼女が、一一歳のころの姿だったなら、すべて符合する。

浦地は首を振る。

「君の記憶違いかもしれない」

「僕に、記憶違いというのはあり得ません」

能力的に、あり得ない。

もう一方、スーパーマーケットの方の少年にも、浦地は同じことをしたはずだ。でもケイの記憶と写真を照らし合わせても、その違いはわからない。少年が能力を手に入れたのは、ほんの一か月ほど前なのだから。たったひと月ぶん、姿が過去に戻っても、見分けることは難しいだろう。

でも浦地が能力を使ったから、少年は母親と口論することになった。「テストでいい点をとったから買ってくれるって言ったよ」「テストがあったのは、先月でしょう？」。少年も、母親も間違っていない。ただ少年は、ひと月ほど過去の記憶を基に会話していただけだ。

浦地正宗は首を傾げる。

「君の言う通りだったとして。能力が暴発したとき、能力者たちの時間が巻き戻っていたとして。でも、どうしてそれが私の能力のせいだと言い切れる？」

決まっている。

「僕は、貴方の能力を知っています」

ケイはこれまでに三度、浦地正宗に会っている。

もっとも新しいのは先月、夢の中で。シナリオの写本を書き続ける老人の書斎に、彼が現れた。

その前に会ったのは、ケイが中学二年生だったころだ。管理局員を襲い、索引さんから人を生き返らせる能力の有無について聞き出したとき、浦地正宗もその場にいた。

――そして、僕たちが最初に出会ったのは、もう四年も前のことだ。

咲良田に訪れた直後、初めて出会った能力者が、彼だった。

ケイは言った。

「キーホルダーを直して頂いて、ありがとうございました」

小さな猫がついたキーホルダー。今はストラップになって、春埼の携帯電話についている。

四年前、ケイが咲良田を訪れたとき、あのキーホルダーは壊れていた。金具の部分が欠けてしまっていた。だが駅で会った男性が能力を使い、キーホルダーを直してくれたのだ。そのときの男性が、浦地正宗だ。

「ずっと気になっていたんです。お礼を言えていなかったから」

浦地は低い笑い声を上げる。額を押さえて、囁《ささや》く。

「だから、さっさと家に帰れと言ったんだ。君は私の言った通り、この街を出ていくべきだったんだよ」

ケイは四年前の、彼の言葉を思い出す。

――それじゃあ。遅くならないうちに、家に帰るんだよ。

「覚えて、いたんですね」

「当たり前だよ。名前のないシステムが無理を通して電話を掛けた少年。それだけで充分、警戒に値する。私は君の顔をみるために、駅まで行ったんだ」

「あのとき、僕はまだ能力の存在さえ知りませんでした。貴方の能力について、深く考えもしなかった。でも、今ならわかります」

浦地正宗の能力は、春埼美空のリセットに似ている。

ただしリセットに比べて、とても対象が狭い。世界全体を巻き込むような能力ではない。

「対象の時間を巻き戻す。キーホルダーの、あるいは人間の過去を再現する。それが、貴方の能力ですね?」

他には、考えられない。

彼は頷《うなず》く。

「私がそういう能力を持っていることは、事実だよ。でもね、可能だというだけでは、私が犯人だと断定できない。すべて君の推測だ」

「その通りですね」

状況を考えれば、彼が犯人なのだろうけれど。

――でも、だからどうしたっていうんだ？

そんなことをいまさら主張しても仕方がない。犯人なんて、誰でもいい。いてもいなくてもいい。問題の本質は、そんなところにはない。

「浅井くん。今回の事件に管理局がどう対処するか、わかるかな？」

「咲良田から、能力に関する情報を消し去る」

「へぇ。どうして知っている？」

「シナリオの写本を読みました。僕は始まりの一年間を知っています」

あれを読めば、管理局が持つ切り札の存在を、誰だって理解できる。

浦地が初めて、笑みを消した。

「咲良田を出れば、つまりは境界線を越えれば、誰もが能力の存在を忘れる。それはふたりの能力者が作ったルールだ。もうすぐこの街も、境界線の外側と同じように、能力のことを誰も知らない場所になる。たったひとりの例外を除いて」

浦地正宗は手のひらで、こちらを指した。

「浅井くん。例外は、君だ。四〇年間で君の能力だけが、唯一の例外だった」

浅井ケイは咲良田を出ても、能力のことを忘れない。

ケイの能力は、その強度において、境界線を上回っている。だからケイは咲良田の外に出ることを禁じられた。四年前、この街に留《とど》まるよう、管理局から強制された。

それなら、境界線の範囲が変化しても。咲良田の人々さえ、能力のことを忘れたとしても。

浅井ケイは、違う。いつまでもそれを覚えている。

「君だけが例外なんだ。境界線を越える強度を持つ記憶保持能力など、存在してはならなかった」

ケイは頷く。

そんなことは、わかっていた。

「僕は、貴方《あなた》がナイフでも持って現れるのではないかと思っていましたよ。さすがに死んでしまえば、僕だってなにも覚えていられない」

浦地正宗はまた笑う。

「ナイフなんてなくても、同じことができるさ。私の能力で、君を生まれる前の時間まで戻してみようか。いったい、どうなると思う？」

浅井ケイも笑う。

「そんなことは、不可能です。貴方の能力には制限がある」

「へぇ。どんな？」

「正確にはわかりません。でも貴方の能力で巻き戻せるのは、おそらく二年から三年程度が限界でしょう。最大まで長く見積もっても五年。それ以上は、不可能です」

「どうして、そう思うのかな？」

「四件の能力暴発事件には、ひとつだけ例外があります」

　宇川沙々音。

　彼女だけは能力を使ったとき、過去の姿に戻っていなかった。

　宇川沙々音は、実際には能力を暴発させていない。おそらくは直接的な説得に応じて普段通りに能力を使っただけだ。

「宇川さんが能力を手に入れたのは、およそ五年前だと聞いています。貴方にはそれだけの時間を巻き戻すことができなかったんだ」

　だから、説得して、能力を使わせるしかなかった。

「なるほど」

　頷いてから、顎《あご》に手を当て、浦地正宗は首を傾げた。

「では、二年から三年、というのは？」

「貴方に直してもらったキーホルダー、また壊れたんですよ」

　この街に訪れた時とまったく同じように、金具の部分が壊れた。だから金具をストラップに付け替えて、春埼美空にプレゼントした。

「綺麗《きれい》に直ったようにみえたけれど、小さな傷が残っていたんです。だからそこに負担が掛かって、また同じように壊れました。その傷がついた時期と、貴方がキーホルダーを直してくれた時期を考えると、キーホルダーが巻き戻った時間は三年足らずになります」

もちろん彼があのキーホルダーに対して、限界まで能力を使ったのかはわからない。だから予想できる最大値は、宇川沙々音の方の五年だ。

浦地正宗は、満足げに頷く。

「とてもよくわかったよ。私の好奇心は満たされた」

「それはよかった」

ケイとしては、ただ疲れただけだ。

浦地正宗は身を乗り出すように、ケイの瞳《ひとみ》を覗《のぞ》き込む。

「最後に、ひとつだけ」

まだあるのか。

「なんでしょう？」

「どうすれば君を、能力なんて持たないただの少年にできるんだろう？」

浦地に似た表情で笑い、ケイは首を振った。

「ナイフを使わないのなら。僕から記憶を奪う方法なんて、僕にも思いつきません」

嘘ではありません、と索引さんは言った。

4話 サクラダリセット

1 一〇月二四日（火曜日）／午後四時

浅井ケイはシャワーを浴び、部屋の掃除を終えてから、炊飯器の釜《かま》を洗った。

炊飯器はひとりで暮らし始めたときに、中野智樹の両親からもらったものだ。もう半年も前のことだ。なのにケイはまだこの炊飯器を使ったことがない。いつか自炊に挑戦しようと思いつつ、面倒で先延ばしにしていたのだ。炊飯器を箱から出したのも今日が初めてだ。智樹の両親に申し訳ない。

小さな炊飯器は丸っこくて、以前みたSF映画のロボットの頭に似ていて、なかなか可愛げがある。これからは週に一度くらいは自炊しよう、と思う。

ひと通り相麻菫を迎え入れる準備を終えてから、ケイは春埼にメールを送った。

――もしかしたら君のところに、岡絵里が行くかもしれません。もしリセットを使えなくなったなら、連絡をください。それから、このメールは、読んだらすぐに消してください。

今、春埼のリセットを封じられると面倒だ。

魔女の一件のときとは違って、今回は咲良田に坂上央介がいるから、対応できなくはない――ケイの能力を春埼にコピーすれば、能力の使い方を忘れてもまた思い出せるはずだ――けれど、やはり手順は少ないほうがいい。

リセットするなら、今すぐそれを使ってしまうのが確実だけれど。相麻に会う前に、リセットするわけにもいかない。

一応、最低限の対策はすませている。昼になる前、智樹に電話を掛けて、岡絵里にメッセージを送ってもらった。それ以上に、こちらからできることも思いつかない。

ケイはベッドに寝転がる。少しだけ眠ろうかと思った。

でも、携帯電話が鳴る。メールの着信を告げる音。春埼からだ。

――わかりました。ケイは今、なにをしていますか？

部屋の片づけをしていました、と返事を送る。

――ケイの用件は終わりましたか？

だいたい終わったけれど、まだもう少しだけ残っています。

――今日中には終わりますか？　まだ、メールを送っても大丈夫ですか？

眠たい頭で、そんなやり取りをしばらく続ける。

携帯電話の時刻表示が午後四時になるのと同時に、部屋の呼び鈴が鳴った。

呼吸を止めて、ケイはベッドから立ち上がる。

奇妙に緊張した。ゆっくりと歩いて、扉に向かう。途中、部屋の中が少し暗いような気がして、蛍光灯のスイッチを入れる。扉の前に立つ。息を吐き出す。ドアノブを摑《つか》み、回して、押し開ける。

日が落ちて深みを増した青空を背景に、少女が立っていた。両手で抱えるように、スポーツバッグを持っている。

野良猫みたいな少女。相麻菫。彼女は笑って、

「久しぶりね、ケイ」

そう言った。

なんだか本当に、とても久しぶりに彼女の声を聞いたような気がした。彼女の声は二年前とあまりに同じで、気を抜くと泣きたくなる。

無理に笑って、ケイは大きく扉を開く。

「どうぞ。もう少し頻繁に会いに来てくれればいいのに」

「私もそうしたかったけれど、色々と都合があったのよ」

彼女はケイの隣を通り過ぎ、部屋に入る。すれ違うとき、彼女の髪から仄《ほの》かにシャンプーの香りがした。本当にシャワーを借りに来たとは思えない。

ケイも中に入り、扉を閉める。いつもの癖で鍵《かぎ》を掛けそうになるけれど、それは止めておいた。

相麻は興味深そうに、部屋の中を見回す。

「よく片付いているわね」

「物が少ないからね。それにさっき、慌てて掃除機をかけた」

「私が掃除してあげてもよかったのに」

「それはなんだか恥ずかしいね。あ、コーヒーでも淹《い》れようか？」

「コーヒーもいいけれど、まずチキンカレーを作ってしまいましょう」

そのためにこれを買ってきたのよ、と得意げに、彼女はスポーツバッグから紙袋を取り出した。

「それは？」

「料理には必須《ひっす》のアイテムよ」

相麻は軽快な音をたてて封をしていたテープを剥《は》がし、紙袋の中に手を突っ込む。出てきたのは、深い緑色のエプロンだった。胸の辺りに、ぬいぐるみ風にデフォルメされたクマがハートマークを抱きしめたイラストがついている。

彼女はやや手間取りながらそれを身に着け、腰に手を当てて「どう？」と首を傾げた。

ケイは真面目な表情を装って顎《あご》に手を当てる。

「うん。なんだか家庭科の調理実習みたいだね。授業で作ったクッキーを休み時間に配り歩いてそうだ」

「微妙な評価ね。それ、あんまり家庭的にはみえないってこと？」

「普通の女の子にみえるってことだよ。とてもよく似合っている」

相麻はとりあえず、という感じで頷《うなず》いた。

「ま、いいわ。ではチキンカレーを作りましょう。冷蔵庫、開けていい？」

「もちろん、どうぞ。僕も手伝えることはあるかな?」

「じゃあ、お米を洗っておいて」

彼女は冷蔵庫から食材を取り出して、ニンジンを洗う。それからシンクの下の戸を開き、包丁とまな板を用意する。

「新品みたいに綺麗《きれい》ね」

「炊飯器よりはよく使っているよ」

ケイは米を二合ぶん、釜にいれて水で研ぐ。ふたりで二合は多すぎるけれど、余れば明日《あした》の朝にでも食べればいい。

相麻菫はかつてないくらい真剣な表情を浮かべ、少し危なっかしい手つきでニンジンの皮をむいていた。

小さな声で、彼女は言う。

「それでは、話を始めましょう」

「なにを聞かせてくれるんだろう?」

「まずは、そうね——」

彼女の手元で、理想よりは少し分厚いニンジンの皮がぼろりと落ちる。

「ある能力者と、彼の子供の話を」

＊

幼いころから、浦地正宗は頭が良かった。

学校のクラスメイトよりも、教師よりも、周囲にいる誰よりも。詳細に物事を観察し、深く思考して、速く答えに辿《たど》り着いた。

だから誰かに聞かされるまでもなく、この街において自身の両親が特別なのだということを知っていた。両親の会話の端々から、この街がどれほどの問題を抱えているのか理解していた。

咲良田の問題。それは、能力の問題だ。

小学校に入学したばかりのころ、彼は父に告げた。

「早く能力がなくなればいいね」

それは疲れている父を励ますための言葉だった。

貴方《あなた》の考える通り、この街が良い方向に進めばいい。そう告げたつもりだった。

だが、父は首を振った。

「能力はなくならないよ。僕たちがいるからね」

浦地正宗の意図とは違う答えだ。

父は管理局を作った。管理局は能力を活用しない。ただ管理するだけだ。問題が起こらないように、能力なんてものが人々の平穏を脅かさないように。

その思考の行きつく先が、能力の完全な排除であることは、間違いない。能力がある限り問題は起こり続けるだろう。問題を綺麗に排除する最良の方法は、原因を丸々取り除くことだと決まっている。

「父さんは、能力をなくしたいんじゃないの？」

父は首を振った。

「そんなわけがないよ。問題なく能力が存在する街を作るのが、僕たちの目的だ」

「どうして？」

能力がなくなれば、父が色々な苦労を背負い込む必要もないのに。

父は笑った。

「僕は以前、能力が嫌いだった。能力は便利だけど、少し問題が多すぎる。捨て去ってしまった方が賢明だと思っていた」

「うん」

「でもね、君が生まれた時にわかったんだよ。やっぱり、能力には価値がある。この街を、素敵な奇跡が起こる場所にしよう。そう決めたんだ」

それは違う、と浦地正宗は考える。

父が能力によってどれほどの恩恵を受けていたとしても、そんなことが能力の正しさの証明にはならない。能力によって、結果的に浦地正宗が生まれたのだとしても、そんなことが能力の正しさの証明にはならない。

「奇跡なんか、起こるべきじゃないんだ」

当たり前だ。奇跡に救われてはいけない。そんなものを頼って生きてはいけない。

人は、人の力で幸せになるべきだ。

人間は人間のまま、悲しみも苦しみも受け入れるべきだ。

父は首を振った。

「君は、強い子だね」

そして優しい力で、浦地の頭を撫《な》でた。

「でも、僕は誰もが強い世界よりも、弱い人さえ許される世界が正しいと信じているんだよ。都合の良い奇跡で弱い人が救われる場所が、間違いだとは思えないんだ」

だが、その奇跡は、場合によっては人を傷つける。

能力によって生まれる不幸があるのなら、そんなものは許されるべきではない。

「君は、とても強い。あとは弱さを知りなさい」

そう、父は告げた。

同じ言葉を、数年後にも聞いた。

浦地正宗が一二歳になった翌日のことだった。

その日から、父は仕事で家を空ける予定になっていた。いつまでという話ではない。

もう二度と父は帰ってこないのだと、浦地正宗は知っていた。

つまり彼は死ぬのだ。世間でいう死とは少し違うけれど、そう違わない状況になる。能力を管理するため、彼は永遠に眠り続ける予定だ。

家を出る直前に、父と少しだけ話をした。

「ごめん。君には、寂しい思いをさせるね」

と彼は言った。

浦地正宗は首を振る。

「僕は、どうでもいいよ」

父がいなくなることは、確かに寂しいけれど、問題の本質ではない。

このくらいの寂しさなんて、世界にありふれている。浦地正宗だけが特別に寂しいわけではない。

「でも、誰かが能力の犠牲になるのは、許せないな」

それは咲良田の構造に関わる問題だ。

この街は能力を運用するために、一部の人間が犠牲になることを許容している。構造に欠点があるのだ。それは正されなければならない。

「父さん。きっと、僕に貴方は救えない」

どれだけ考えても、父を能力から解放する方法は思いつかない。彼の能力は、あまりに重要で、絶対的に守られる必要がある。

だから、父の犠牲は、受け入れざるをえない。

「でも父さんのような人が、他には生まれないようにしたいと思う」

どれだけ時間が掛かってもいい。この街から、能力を消し去ろうと思う。

父は首を振った。

「君は、とても正しい。でもね、誤解せずに聞いて欲しい」

浦地正宗は頷《うなず》き、じっと父の目をみていた。

父は言った。

「僕は君が大好きだよ。君は僕の誇りで、僕の希望だ。でもたまに、君が怖くなることがある」

怖い？

「どうして？」

「君がとても強い子だからだよ。間違っているものを、正してしまえるからだ」

「それのどこが、怖いの？」

父の瞳《ひとみ》は、どちらかといえば寂しげだった。

「僕たちは君が思っているより、ずっと弱い。弱くて、すぐに間違える。そこから生まれる幸せだってある。きっと君は、それさえ正してしまえる」

父は、柔らかな力で浦地の頭を撫でた。

「君は、とても強い。あとは弱さを知りなさい」

わからなかった。

「弱いことに、なんの価値があるの？」

「弱さを知っていると、色々なことを許せるようになる」

「間違っている人を、許す必要はないよ」

きちんと、正しくすればいい。

「人じゃない。君のことだ」

父は、笑った。

「自分を許すために、人は優しくなるんだよ」

そして父の手が、浦地の頭から離れた。


父が居なくなったことは悲しかったけれど、その悲しみは、父の言葉を肯定する役には立たなかった。父を敬愛していたけれど、だがその愛は、父の言葉を信じる理由にはならなかった。

彼がいなくなった翌日、浦地正宗はいつものように、学校に向かうために家を出た。

そして、ひとりの少年に出会った。

浦地よりも、ふたつかみっつ年上だろう。だが、彼が年上のようには思えなかった。もっと幼い子供にみえた。理由は簡単だ。彼は泣いていた。

小さな、掠《かす》れた声で、その少年は言った。

「浦地くん、ですか？」

頷いて、浦地正宗は答える。

「貴方は？」

彼は小さな声で、ぼそぼそと答えた。聞き取りづらかったけれど、言いたいことはわかった。

――この少年が、父の時間を止めたのだ。

永遠に父が能力を使い続けられるようにするために、彼が父の時間を止めた。

彼は途切れがちに何度か、「ごめんなさい」と言った。

自分のしたことの意味を、この少年は正しく理解しているのだ。永遠に時間を止めるというのは、殺人とそう変わらない。

ただ能力を持っていたから。たったそれだけの理由で、この少年はひとりの人間を、人間ではないものにすることを強要された。人を殺すことを強要された。

――ほら、こんなにも。

能力は残酷だ。できるということは、残酷だ。

「謝る必要はないよ」

少年を慰めるために、浦地は笑った。

「君がしたことは正しい。胸を張って良い。父さんの能力は、永遠に使われ続ける必要があった。君は世界を救ったようなものだ」

父が能力の使用を止めてしまえば、世界中に能力者が溢《あふ》れることになる。

それはきっと、悲劇ばかりを生む。管理局だってこの街ひとつを管理するので手一杯なのだ。世界中の能力者を管理するような組織が、人間に作れるとは思えない。

——父さん。やっぱり貴方《あなた》は、間違っている。

浦地はそう確信する。

——もし貴方が、本当に能力が正しいと信じていたなら。あんなものを人間が使いこなせるのだと信じていたなら、貴方は能力を世界に公開するべきだったんだ。

世界から能力を隠したのは、能力の危険性を理解していたからだろう。きちんと能力を嫌い、能力に恐怖していたからだろう。

そのことを、誤魔化してはならない。

能力は弱い人間の救いにはならない。反対だ。能力を正しく運用できるほど、人間は強くはない。

弱い人間を守るために、能力はなくしてしまうべきだ。


その一〇年後、二二歳になったとき、浦地正宗は管理局に入った。

完全に能力を管理するために。

それはつまり、この街からも能力を消し去ってしまうために。

浦地正宗は、管理局員になった。

＊

相麻菫が長い話を終えるころには、具材は鍋《なべ》の中に収まっていた。

じっくりと忍耐強く灰汁《あく》を取りながら、彼女は言った。

「これが、浦地正宗の物語よ」

チキンカレーの片手間に向いた話ではない。

ケイはベッドに腰を下ろし、相麻の後ろ姿を眺めていた。

「よくわかったよ。ありがとう」

納得がいくまで灰汁を取り終えたのだろう。彼女はトマトの水煮が入った缶詰めのタブを引き、中身を鍋の中に入れる。それからゆっくり、鍋をかき混ぜた。

「なにがわかったの？」

「どうしようもなく、浦地さんは能力が嫌いなのだということが」

彼はきっと、とても純粋なのだ。

純粋に、歪《ゆが》みのない心で、能力を嫌っている。

相麻は次に固形のルーと、そして隠し味にヨーグルトを少量、鍋に加える。カレーの香りがした。

「貴方は、それでいいの？」

ケイは首を振った。

「よくない。僕は咲良田の能力が好きだ」

浦地正宗が純粋に能力を嫌うように。

津島信太郎がなんとなくずるいと告げたように。

論理的なものではない。でも、どれだけ考えても、やっぱりケイは能力が好きだ。まるで人の願いそのものみたいな力が、間違ったものだとは思えない。

能力は確かにずるくて、危険を孕《はら》んでいて、幸せになるためにどうしても必要なものではないのかもしれない。けれど能力でしか乗り越えられない困難もあるだろう。能力によって救われる人もいるだろう。能力を希望に進めることもあるだろう。

なら、ケイは能力を持ったままでいることを選択する。

どれだけ荷物になるとしても、能力を捨てて進むのは間違いだと判断する。

相麻菫はお玉で少しだけ鍋の中身をすくった。

口をつけて、頷く。

「うん。こんなものね」

鍋に蓋《ふた》をして、火を消し、彼女は振り向く。

「じゃあそろそろ、本題に入りましょう」

「まるで今の話が本題ではなかったみたいだね」

「当たり前でしょ。私にとっては、浦地さんのことなんてどうでもいいもの。チキンカレーを作っている間の時間つぶしみたいなものよ」

　ひどい言いぐさだ。

　でも、ケイとしても、相麻と話すべきことは他にある。

　エプロンを外しながら、彼女は言った。

「シャワーを貸してもらえる？」

　ケイはため息をつく。

「本当にシャワーを浴びるつもりなの？」

「そのために来たのよ」

　訳がわからない。

　ケイはベッドから立ち上がる。

「なら、僕はコンビニにでも行ってこよう。三〇分くらいでいい？」

「だめ。ここにいて」

「ここはワンルームマンションだ。脱衣所もない」

「じゃあ、そうね。五分だけ外に出ていて」

　仕方なく、頷《うなず》く。

「バスタオルは必要かな？」

「貸してもらえると嬉《うれ》しいわね」

　ケイはクローゼットからバスタオルとフェイスタオルを一枚ずつ取り出し、相麻に差し出した。

彼女はそれを、受け取って。

「怒ってる？」

と首を傾げた。

「別に、怒っているんじゃない。ただ訳がわからないだけだよ」

「そう。よかったわ」

ケイは玄関に向かう。スニーカーを履いて、部屋を出た。扉を閉め、そこにもたれかかる。

日が暮れかかっていた。

宇川沙々音はいったい、どれだけの雨雲を消してしまったのだろう。今もまだ、雲はどこにもみつからない。

均一な空が広がっている。突き抜けるような群青。なんだか遠い異国の空みたいだ。些細《ささい》な力で鼻先をくすぐる風は、緩やかな波のように、吹くというより漂っていた。

正確な時刻はわからないけれど、まだ午後五時にはなっていないだろう。日が暮れるまで、あと三〇分といったところか。すでに空中には、薄く闇が溶け込んでいるような気がした。前の通りを、ライトをつけた自動車が走っていく。

ケイは漠然と目の前の街並みを眺める。

咲良田。どこにでもあるような街だ。でも、ここにしかない街だ。そして、あるいは、もうすぐどこにもなくなってしまう街だ。

扉の向こうから微《かす》かに、シャワーの音が聞こえ始めたのを確認して、ケイは室内に入った。カレーの匂いがする。とても懐かしい場所に戻ってきたような気がした。

相麻が持ち込んだスポーツバッグの上に、綺麗《きれい》に畳まれた衣服がみえる。いちばん上に、緑色のエプロンが載っていた。

ケイはベッドに座る。

枕の脇に、携帯電話があった。着信を告げるランプが光っている。手に取って、開いた。春埼美空からのメールだ。

──明日の夜、一緒に食事できますか？

ケイは手早く返信を打つ。

──もちろん。レストランを探しておきます。なにか食べたいものはある？

送信ボタンを押した。同時に、シャワーが流れる音が止む。

代わりにバスルームから相麻菫の声が聞こえた。

「こっちにきて。扉の前まで」

「どうして？」

「約束でしょ。私の秘密を、教えてあげる」

でも、バスルームの扉越しに話をするのも抵抗がある。

「後でいいよ。今はゆっくり汗を流すといい」

「汗なんてかいてないわよ。貴方に会う前に、お風呂《ふろ》に入ったもの」

まったく。相麻菫は、わけがわからない。

「どうしてシャワーを浴びる前に、お風呂に入る必要があったんだろう?」

笑うような声で、とても単純なことよ、と彼女は言った。

「だって汗をかいたまま、好きな男の子に会うわけにはいかないでしょう?」

おそらくは、彼女の意図通りに。次の言葉を思いつけなくて、ケイはベッドから立ち上がる。携帯電話をマナーモードに設定して、ポケットにつっこんだ。

バスルームの扉の前まで近づき、そちらに背を向けて、床に座る。

「いったい、なにを聞かせてくれるのかな?」

「なにを聞きたい? なんだって答えてあげるわ」

本当は、なにも聞きたくなんてなかった。

全部、知らないふりをして、彼女と笑い合っていたかった。

でもそんなことは叶《かな》わない。相麻菫の物語を、浅井ケイはもう知っている。浅井ケイが知っていることを、相麻菫も知っている。

だからこれは、筋書き通りに進行する舞台のようなものだ。

シナリオに支配された、互いが結末を知っている会話だ。

「ねぇ、相麻」

彼女の返事に怯《おび》えながら、ゆっくりと尋ねる。

「どうして、君は、死んだの？」

ケイにとっては、これが始まりだった。

二年前の彼女の死が、ケイを、相麻菫の物語に深く結びつけた。

「以前答えなかったかしら。魔女のようになるのが嫌だったからよ。管理局に捕らえられたくはなかったの」

こんな話をしているのに、彼女の声は、普段となにもかわらない。

なんだか無性に、苛立《いらだ》った。

――おそらく彼女の言葉は、嘘ではないだろう。

だが真実のすべてでもない。本当の理由は、別にある。

「それなら二年前の時点で、咲良田を出て行けばよかったんだ」

相麻菫は生まれた直後に能力を手に入れた。でも幼いうちに、別の街に移り住んだから、管理局も彼女の能力に気づけなかった。

またそうすればよかっただけだ。初めから、この街にさえいなければ、彼女は平凡な女の子として暮らせた。

「私の計画のために、咲良田に留《とど》まる必要があったのよ」

「それだって同じことだ。この街を出て、二年経ってから、戻ってくればよかった」

わざわざ死んでしまう必要なんて、なかった。

「君は――」

こんな話、したくはないんだ。本当に。

息を止めて、致死量の毒薬を飲み込むような気持ちで、ケイは言った。

「君が死んだのは、相麻菫ではなくなるためだね？」

彼女は、彼女を、スワンプマンにした。

まったく同じ機能を持つ、だがアイデンティティだけを持たない、彼女そっくりに作られたアンドロイドに、自分を作り替えた。

自分を相麻菫だと証明できない相麻菫を生み出すのが、彼女の目的だった。

「信じられない。昨日は一晩中考えた。今だってまだ、考えている。でも他の答えが、みつからないんだ」

頭の良い相麻菫が、それでも死ぬしかなかった理由なんか、他にはひとつもみつからない。

バスルームの彼女は返事をしない。本当に扉の向こうに相麻菫がいるのか、不安になる。思わず早口になった。詰問に似た口調で、ケイは語る。

「だから僕への指示は、二年前から届いていたんだ。もう死んでしまった、二年前の相麻菫が、僕に指示を出していたんだ。それは君じゃない。だって君は、もう自分を相麻菫だと思っていないから。君は僕に、なにも語っていない」

ようやくバスルームから、彼女の声が聞こえた。

「正解よ、ケイ」

その声はむしろ嬉しげだった。

笑うように、彼女は告げる。

「浦地さんは私に、こう質問したの。君は、私の計画を阻止するか？　私はそれに、否定の言葉で答えなければならなかった。索引さんの前でね。いいえ、私はなにもしない、と嘘ではなく言う必要があった」

「だから、事前に死んでおいた」

「ええ。浦地さんの計画に反対するのは、相麻菫よ。ケイ、貴方《あなた》に指示を出したのも相麻菫。でも私は自分を相麻菫だとは思っていない。私は彼女のスワンプマン。名前のない、誰でもない、ただのシステム。だから胸を張って、なにもしないと答えられた」

無茶苦茶だ。

――ああ、無茶苦茶だ。

たったそれだけを目的に、二年前、ひとりの少女が死んだ。

相麻菫は笑う。

「浦地さんは優秀だけど、少しだけ足りなかった。『君は』ではなく、『相麻菫は』と尋ねていれば、私はすべてを語るしかなかったわ。そこは賭《か》けだった」

彼女の声は、小さな子供が、母親に自慢話をするように弾んでいた。

気分が悪い。

「でも事前に、私を名前で呼べないよう、準備しておいたのよ。私について調査を行わないことを、浦地さんに協力する条件にしたの。そうすれば彼が相麻菫という名前を知っていても、その名前で私を呼べないでしょう？」

どうでもいい。

知ったことではない。

こんな話をしているのに、どうして

「どうして、そんな声を、出せるんだ」

そんなに楽しそうに、話せるんだ。

変わらずに嬉《うれ》しげに、彼女は答える。

「それは、ケイ。貴方だけが私を理解してくれたからよ。浦地さんを騙《だま》せても、貴方は騙せなかったから。春埼美空のことよりもずっとたくさん、貴方が私について考えてくれたことがわかるからよ」

ケイは思い切り拳《こぶし》を握りしめる。

力任せに、床を殴る。

大きな音が鳴った。

「相麻菫。君は、馬鹿だ」

バスルームの彼女は、平然と答える。

「私はもう、相麻菫ではないわ。名前を持たない、人間によく似た人工物よ」

ポケットの中で、また携帯電話が震える。

音は鳴らない設定だ。なのに、

「春埼からでしょ。返信してもいいわよ」

と、彼女は言った。

＊

春埼美空はひとり、自室にいた。

学習机の前で、椅子に座って、じっと携帯電話のメールフォルダをみつめている。

――明日の夜、一緒に食事できますか？

――もちろん。レストランを探しておきます。なにか食べたいものはある？

そのメールに、春埼が送った返信はこうだ。

――レストランを探す必要はありません。ケイの部屋で、チキンカレーを作ります。

ケイはあまり自炊しないし、それに最近は忙しそうだから、昨日買い集めた食材はそのまま残っているだろう、と予想したのだ。

なら、ケイの部屋でチキンカレーを作ろう。とても素敵な計画だ。きっと彼も賛同してくれる。

そう思っていたのに、なかなかメールが返ってこない。

まだ忙しいのだろうか？　疲れて眠ってしまったのだろうか？　それとも提案が気に

入らなかったのだろうか？

不安に襲われて、春埼は二通目のメールを打った。

――ごめんなさい。やはり、外食の方がいいですか？

送信ボタンを押すのに、しばらく躊躇《ためら》った。

できるなら彼の部屋で食事をしたかった。一緒にカレーを作りたかった。でもそれは望み過ぎなのかもしれない。彼に迷惑をかけてはいけない。

指先に力を込めて、送信画面をみつめる。

そのとき、呼び鈴の音が聞こえた。誰かがこの家にやってきたようだ。

ケイかもしれない、と思ったけれど、冷静に考えればそんなはずがない。少なくとも彼なら、事前に連絡を入れるだろう。

最初にケイから届いたメールを思い出す。

――もしかしたら君のところに、岡絵里が行くかもしれません。

岡絵里。彼女が来たのだろうか？

春埼は窓辺に立ち、外を覗《のぞ》く。深い青色の軽自動車が、家の前に停まっているのがみえる。運転席には黒いスーツの男が乗っている。おそらく管理局員だ。

数秒間思考して、春埼はまた学習机の前にある椅子に座った。

――もしリセットを使えなくなったなら、連絡をください。

それがケイからの指示だ。岡絵里が来たら、ではない。リセットを使えなくなったら、だ。なら今は、あまり過剰に反応するべきではない。

部屋の扉を眺めて過ごす。

やがてノックの音が聞こえた。意外にも優しく、丁寧な音だ。

「どうぞ」

春埼が答えると、部屋の扉が開いた。

そこに立っていたのは、笑みを張りつけた管理局員だ。おそらくは三〇代の男性。岡絵里は——いた。その男性の後ろに、つまらなそうに立っている。

「管理局のものです」

笑みを張りつけた男が、こちらに近づいてくる。

「母は？」

春埼は尋ねる。

彼を家に上げたのは母だろう。それなら彼女も、この部屋まで一緒に来るのが自然に思える。

「貴女《あなた》のお母さんには、私の同僚が事情の説明をしています」

「なんの用ですか？」

「言葉にするのが、少し難しい用件です。でも、すぐに終わりますよ。貴女はじっとしていてくだされば、問題ありません。ああ、ほら——」

管理局員は目の前で足を止め、身体を折り曲げて春埼の顔を覗き込む。

「もう、用は済みました」

その言葉を最後に。

唐突に、春埼美空の意識は途絶えた。

＊

岡絵里は、彼女から目を離さなかった。

けれどその変化がいつ起こったのか、わからなかった。

春埼美空が目を閉じ、脱力したように足から崩れ落ちる。その時点ではまだ、彼女の髪はショートカットだったはずだ。

彼女の身体を浦地正宗が支え、抱き上げた。このときにはもう、春埼美空は、ウェーブのかかった、長く美しい髪になっていた。

浦地は春埼をベッドまで運ぶ。

横たわった彼女が少しも動かないから、岡絵里は尋ねる。

「生きてるの？」

「もちろん。巻き戻した先の彼女が眠っていただけだよ」

彼の能力は対象の時間を巻き戻す。

今、ベッドに眠っている春埼美空は、二年と七か月ほど前の彼女だ。彼女が中学二年生になり、浅井ケイに出会うよりも前の状態が再現されている。

この春埼美空は、浅井ケイを知らない。

浦地は学習机の上にあった春埼の携帯電話を手に取った。時間を確認したのだろうか。

だが彼の視線は、猫のストラップに向いていた。

なんとなく気になって、岡絵里は尋ねる。

「それがどうかしたの？」

「いや。なんでもない」

彼は携帯電話を学習机の上に戻す。

「さて。私はそろそろ、いかなければならない」

「どこにいくのさ？」

「どこだったかな、忘れてしまったよ。まぁ、加賀谷が案内してくれるだろう」

浦地はこちらを向いたけれど、目を合わせることはなかった。

警戒されているな、と岡絵里は思う。

「ところで君に、頼みがあるんだ」

「そりゃそうだろうね」

でなければわざわざここまで来た意味がない。

浦地は視線で、ベッドの上の春埼を指した。

「もうすぐここに救急車がやってくる。彼女を病院に運ぶために」

「どうして？　ただ眠ってるだけなんでしょ」

「もちろん隔離するためだよ。浅井くんが会いに行けない場所にね」

「へぇ。それで？」

「君に付き添って欲しい。そして、彼女が目を覚ましたら、能力の使い方を忘れさせてくれるかな？」

岡絵里は目を細める。

「それだけ？」

「ああ。それだけだよ」

「それで、先輩に勝てるのかな？」

「間違いないよ。彼はなによりも嫌がるはずだ」

よろしく頼むよ、と告げて、彼は部屋を出ていく。音を立てて、扉が閉まった。

岡絵里は学習机の前にある椅子に腰を下ろす。春埼美空に視線を向けた。髪が長いからだろう、なんだか別人のようにみえる。

――先輩は、どこまで予想しているんだろうね？

春埼美空を浅井ケイに出会う前の姿まで巻き戻す。そんなことに気づいていたなら、もう少し抵抗しそうなものだけれど。

浦地からの指示は、ケイが指摘した通りの内容だった。

今日の昼前、頭の中に、ふいに彼の声が響いたのだ。

——岡絵里、君は浦地さんたちに協力しているね？

中野智樹の能力だろう。拒否することもできない、強制的に聞こえる声。

——でも、彼らの目的は知らないはずだ。いいかい、岡絵里。浦地さんたちは、咲良田から、すべての能力を消し去ろうとしている。

訳が分からない。そんなことが、可能なのか。もし可能だったとして、どうして浅井ケイがそれを知っている？

——僕を信じられなくてもいい。もし少しでも彼らを疑っているなら、頼むよ。春埼美空から、リセットを奪うのだけは止めて欲しい。能力の使い方を忘れさせる、あるいは無理やりにセーブさせる。このふたつだけは、止めて欲しい。

岡絵里は春埼美空の寝顔を眺める。

彼女はわずかにも表情を変えずに眠っている。胸が上下していなければ、死者のようにみえただろう。

さて、どうしたものだろう？

岡絵里は自身の能力が気に入っていた。それは強さの証明であり、岡絵里と藤川《ふじかわ》絵里を明確に区別するものであり、今の岡絵里を構成する一部分だ。失いたくはない。

もちろん浅井ケイの指示に従うのは癪《しゃく》だ。彼の思い通りに事態が進行するのは気に入らない。常に彼とは敵対していたい。

だけど。

——お願いだよ、岡絵里。僕は追い込まれている。君に助けて欲しい。

そう、彼は言った。

つい口に出してつぶやく。

「まったく、先輩はずるいね」

全部、意図的なのだろう。「助けて欲しい」という言い回しは、反則だ。

岡絵里は浅井ケイに勝利したい。

ずっと、それが目的だった。彼だってそれを知っている。

——なら。

浅井ケイを助けるよりも明確に、彼に勝利する方法なんて、あるだろうか。相手を助けるよりも明確に、自身の強さを示す方法なんて、存在するだろうか。

二年前の岡絵里は、彼に救われて、彼の強さに心酔したのだ。

＊

「春埼からでしょ。返信してもいいわよ」

と、相麻菫は言った。

だが浅井ケイは、携帯電話を開かなかった。

「今は、君と話をするよ。春埼のことは後でいい」

「もしリセットが使えなくなったというメールだったらどうするの？　すべて、手遅れになるかもしれないわよ」

「あり得ない。それなら君が、事前に教えてくれている」

一度死んで、再生して、こんなに綿密にすべてを計画したのだから。

ここで相麻菫が手を抜くことは、あり得ない。

「君は、明日の夜にリセットが使われることを、知っている」

明日の夜。セーブからちょうど三日経ったとき、春埼美空はリセットを使う。

そうでなければ、相麻の計画は成立しない。

「やっぱり貴方《あなた》は、間違えない」

彼女の声は誇らしげだった。

「相麻。君の目的はなんだ？」

「いまさらね。わかり切っていることでしょう？　浦地正宗の計画を阻止するのが、私の目的。——いえ、私ではないわね。二年前に死んだ、相麻菫の目的よ」

ケイは首を振る。

「それは、嘘だ」

いや、嘘ではないだろう。だが正確な言葉でもない。

「君は、浦地さんに協力していた」

浦地正宗の能力は、対象の時間を巻き戻す。

彼は能力者たちの時間を、もっとも不安定な状態——自身が能力者だと自覚していない状態まで巻き戻し、意図的に能力の暴発を起こした。

——でもそんな方法が、こんなに上手《うま》く機能するはずがないんだ。

能力者が能力を初めて使うとき、常に問題をまき散らしているわけではない。多くの場合は周りの人々を巻き込むこともなく、もっと些細《ささい》に、自身が能力者だと気づくのだから。

浦地がしたことは、問題が発生する確率を、ほんのわずかに高めた程度だ。

本来なら、こんなにも頻繁に、問題が起こるはずがない。

「相麻。君が選んだんだ。どのタイミングで、誰の時間を巻き戻せば問題が起こるのか、未来を眺めながら選んだんだ。そうだとしか思えない」

どれだけ当たる確率が低いクジでも、未来を眺めながら引けば、必ず当たる。未来視があれば、問題を起こす能力者だけを選んで計画に組み込むことができる。

相麻菫はなにも答えなかった。

返事を待つ必要もない。ケイは続ける。

「君には、浦地さんの計画を加速させる必要があった。彼の計画を、早く終わらせる必要があったんだ」

きっと、三日間。

浦地が計画を実行してから七二時間以内に、すべてを終わらせる必要があった。

「だって、リセットで消せる時間は、最大でも三日間だから。それ以内にすべてが終わらなければ、リセットでは問題を解決できなくなる」

おそらく浦地は初め、数週間か、あるいは数か月の、長いスパンで計画を予定していたはずだ。彼が選んだ方法で「能力の連続暴発事件」を作り上げるには、どうしてもそのくらいの期間が必要だったはずだ。

そして、彼が本当に長い時間を掛けて、地道に計画を進行させていたなら。リセットでは手に負えない問題になっていた。たった三日間、時間を巻き戻すだけの能力ではどうしようもない種類の問題になっていた。

浅井ケイにはおそらく、浦地正宗に対抗する手段が、なかった。

「君は僕に、チャンスをくれた」

浦地正宗の計画を、純粋に阻止しようとしたのではなく。

あくまで彼女は、ケイに協力した。

バスルームから聞こえた声は、冷たく尖《とが》っていた。不機嫌そうでさえある。初めて聞く声だった。

「効率を追求しただけよ。浦地正宗の計画を阻止するには、貴方を利用するのが、いちばん効率的だった」

「効率？」

ケイは笑う。

苦労したけれど。


「そんなわけがない。君の行動は、まったく効率的じゃない」

相麻菫の行動は複雑で、まるでこちらを幻惑するようで、全貌《ぜんぼう》を捉《とら》えるのにずいぶん苦労したけれど。

やはりどう考えても、相麻菫の行動には、大きな矛盾がある。

「浦地さんの計画を阻止することだけが目的なら、なぜぎりぎりまで僕になにも伝えなかったんだ？　初めから、すべてをそのまま話してくれればよかった。そうすれば僕はもっと的確に動くことができた」

「それは、索引さんの能力に対抗するために――」

ケイは彼女の言葉を遮る。

「そのために二年前、君は死んだんだろう？　今の君が事情を話せなくても、二年前の君にはなんの制限もなかったはずだ。もっと早く、僕にすべてを伝えても、問題なんてなかった」

拳《こぶし》を握る。

爪が皮膚に食い込んだ。

「君は、まったく別の理由で、僕に秘密だと言い続けた」

バスルームの彼女は、なにも答えない。

強く目を閉じて、ケイは続けた。

「一昨日《おととい》、僕は、本当に幸せだったんだ。南校舎の屋上で、春埼と大切な話をすることができた。きっとまだたくさんの誤解がある。でも確実に、僕たちは一歩進んだ。きっと、僕が今まで生きてきた中で、いちばん幸せな時間だった」

偽りなく、そう思う。

この二年間の、答えのような時間だった。

「昨日だって。春埼とゴミ拾いをして、一緒にクレープを食べて、スーパーマーケットで買い物をした。やっぱり、楽しくて、幸せだった」

でも、相麻菫は知っていたんだ。

ケイが事前にすべて知ってしまうと、その二日間は訪れなかった。まったく違った心境で、まったく違った時間を過ごしていただろう。春埼美空のことよりも、浦地正宗について考え込んでいただろう。

「相麻。ありがとう。君は、僕の幸せを守ってくれた」

きっと、それだけだ。

浦地の計画を阻止しようとしたのも。

様々な情報を、ケイに秘匿していたのも。

あらゆることが。彼女の努力も、苦痛も、死も、全部。

――全部、僕を守るためだ。

それだけなんだ。

ようやく、バスルームの彼女は答えた。

「だって、他にはどうしようもなかったもの」

その声は掠《かす》れて、上ずっていた。

「馬鹿みたいでしょう？　愚かだと思うでしょう？　私の好きな人が、別の女の子に好きだと伝えるのを待つために、私は長い間、なにも話さなかった」

小さく、聞き取り辛《づら》い声に、シャワーが流れる音が重なった。

それは強い雨のように、バスルームの床を叩《たた》き、彼女の声をかき消した。

——相麻菫の、意図がわからない。

ずっとそう思っていた。

でも、今だけは、わかる。

——未来視によると、どうやら私は、貴方の部屋でシャワーを浴びなければいけないらしいのよ。

彼女は、自分が泣くことを知っていたから。

その声をかき消せるように、すぐ涙を洗い流せるように、決して泣いた跡をみせないように、バスルームに閉じこもって語る必要があった。

相麻菫は、そんな女の子だ。

胸が痛くて、浅井ケイはそこを押さえる。

「ねぇ、ケイ。私には、大嫌いな人がいる」

今だけは泣き声で、彼女は語る。

「彼女はずるい。彼女だけが苦しまない。貴方のためだと偽って、ひとりだけ傷つかないところにいる。苦しい部分は全部、私に押しつけて、彼女だけは楽をしている。それが誰だか、貴方にわかる？」

わからないわけがない。

当然、答えには、すぐに思い至った。

「彼女は愚かで、身勝手で、どうしようもないくらいに弱かった。それが誰だか、貴方《あなた》にわかる？」

彼女の質問に答えるのは、苦しい。その答えは、あまりに残酷だ。

――でも、彼女自身が口にするのは、もっと嫌だ。

ケイはそれに、耐えられない。

だから、答えた。

「ねぇ、頼むよ。相麻菫を、許して欲しい」

彼女が嫌いなのは、相麻菫だ。

自分だけあっさりと死んでしまって、でも彼女を生み出した、二年前の相麻菫だ。

バスルームの彼女は、泣き声で笑う。

「やっぱり貴方だけが、私のことをわかってくれる。私は、こんな私を生み出した彼女が許せない。でもね、ケイ。どうしようもなく、私も彼女と同じなの」

そこで一度、言葉を切って、

「ずっと、貴方の幸せだけを、祈っているわ」

自分の名前を知らない彼女は、そう言った。

2　同日／午後五時三〇分

そしてふたりは、チキンカレーを食べた。

食事中、ケイは相麻から、様々な話を聞いた。それは重要な話だったけれど、彼女がバスルームにいるときに交わしたものに比べると、取るに足らない話題に思えた。

相麻からひと通り話を聞き終えるころには、もう日は沈んでいた。けれど窓の外にあるのは完全な闇ではなかった。少しだけ光が滲《にじ》んだ、生まれたての夜だ。

今はふたりでゆっくり、チキンカレーの味を楽しむ時間だ、とケイは自分に言い聞かせる。

スプーンで次のひと口を運んだ。

「味はどう？」

相麻はこちらの顔を覗《のぞ》き込む。

できるだけ素直に笑って、ケイは答える。

「とても美味《おい》しいよ」

向かい合って食べるカレーは、あんまり辛くなくて、どちらかというとさらりとしたルーで、仄《ほの》かな酸味と、甘みがあった。とても美味しい。

「それになんだか、懐かしい味がする」

その懐かしさの正体に、もちろんケイは気づいていた。

――僕はこのチキンカレーを食べたことがある。

一度じゃない。一〇？　二〇？　もう少し多い。その回数を正確にカウントしようとして、やめる。

これは、ケイの母親のチキンカレーだ。

「トマトをたっぷり、あとはほんの少しヨーグルトを入れるのがポイントなの」

相麻の声はどこか自慢げだった。

覚えている。

「小さいころ、辛くなりすぎないように、母さんがヨーグルトを入れてくれたんだ。それからだんだん、量は減っていったけれど、やっぱりうちのカレーには少しだけヨーグルトが入っていた」

スプーンを握った相麻は、首を傾げる。

「でもちょっと、味が違うでしょう？」

「そうだね。まったく同じではないかな」

とてもよく似ているけれど、少しだけどこかが違う。

「なにか理由があるの？」

とケイは尋ねる。

「理由なんてないわよ。私には再現できなかっただけ」

彼女は一口、カレーを食べて、笑った。

「私はこのカレーを作るために、かなりの回数、能力を使ったの。未来を眺めて貴方の反応を確かめながら、理科の実験みたいに少しずつ分量を変えて、いろんなパターンを試してみたのよ」

ケイは彼女がそうしている場面を想像する。これまで向かい合って彼女と話をした場面を思い出して、その頭の中ではカレーのレシピを考えていたのだとイメージしてみると、少しだけ笑える。

「でも、どれだけ頑張っても、貴方がまったく同じだという味にはならなかった」

「不思議だね。どうしてだろう」

同じように作れば、同じカレーができるはずなのに。

「未来視能力でも、母親の愛情には敵《かな》わない。きっとそれだけのことでしょ」

とても簡単に、彼女はそう言った。

ケイは最後のひと口をよく嚙《か》んで、飲み込む。うん。とても美味しい。

「ごちそうさま。どこかが少し違うけれど、このカレーも、同じくらい美味しかった」

当然でしょ、と彼女は笑う。

「種類は違うけれど、でもたくさん愛情が入っているもの」

彼女の表情は、とても穏やかで、明るくて、なんの悩みもないみたいだった。

きっとこのチキンカレーで、色々なものを誤魔化してしまうつもりなのだと思う。今までの会話も、バスルームで泣いたことも全部、どこか隅の方に追いやって、にこやかに話を終えるつもりなのだろう。

それはケイにとっても、好ましいことだった。

できるなら笑顔で手を振って、彼女とは別れたい。

でもさすがに今日一日を、カレーの話で終えるわけにはいかない。

本当は彼女がバスルームにいたときからずっと、怒鳴り散らしたかった。僕の幸せのためだというんなら、君が死んでどうするんだ。君が僕を苦しめて、どうするんだ。そう言いたかった。

でも、そんなこと、彼女だって知っている。

全部知っていて、これを選んだんだ。

――なら、僕が告げるべきなのは、別の言葉だ。

ケイはまっすぐ、相麻菫の瞳《ひとみ》を眺める。

「僕は、能力を守ることにするよ。君の言葉を借りるなら、咲良田の能力すべてを、支配しようと思う」

二年前、黒くて小さな石に、相麻菫はマクガフィンという名前をつけた。マクガフィンとは主人公を物語に結びつけるためのアイテムだ。それだけの役割しかもたない小道具だ。

でも相麻菫はマクガフィンに、ひとつの予言をつけ加えた。

——マクガフィンを手にした者は、咲良田の能力すべてを支配する。

今だってマクガフィンは、ケイの手元にある。机の引き出しに転がっている。マクガフィンというのは、要するに王冠のようなものなのだと思う。それ自体に力はない。でも王冠の持ち主が、王様だ。同じようにマクガフィンにはなんの力もないけれど、でもその持ち主が、物語の主人公になる。相麻菫が用意した物語の主人公に。

——相麻は、初めから知っていたんだ。僕が咲良田の能力を捨てられないことを。ケイが能力を守ろうと決意すると知っていて、それに合わせた物語を用意した。

「支配して。全部、思い通りに利用して。咲良田の能力がただの幸福な奇跡になることを目指すよ」

能力はきっと、いくつもの問題を抱えているけれど。浦地正宗がやろうとしていることだって、もちろん理解できるけれど。でも、それは、浅井ケイの理想ではない。今からケイの理想を、語り始めようと決める。

笑って、彼女は頷《うなず》く。

「貴方なら上手《うま》くできるわ。だって、私の主人公なんだから」

満足げな声だった。後悔なんて、なにもないような。

そのことがやはり悲しい。やるせない。

「ねぇ、相麻。昨日の夕方から。今年の八月から。二年前に、君が死んだ時から。僕は君のことばかりを考えていた」

相麻は無邪気に首を傾げる。

「春埼のことよりも？」

「もちろん春埼のことも考えていたけれど、君のことを考えていた時間の方が、きっと長い」

「それは嬉《うれ》しいわね」

窓の外は静かだ。なんの音も聞こえない。夜空を見上げれば、きっといくつかの星がみつかるだろう。でもそんなものに、気を惹《ひ》かれる余裕もない。

ケイは目を逸らさずに、相麻菫をみつめていた。

「どうして君が死ぬ前に、僕はそうできなかったんだろうね」

二年前のあの夏。相麻菫が夏だと定義した期間。

浅井ケイは、春埼美空のことばかり考えて過ごした。同じだけ相麻菫のことを考えていれば、結果は違っていたのかもしれない。

しばらく相麻は、口を開かなかった。じっと、こちらをみつめているだけだった。どれだけ耳をすましても、なんの音も聞こえない。空白みたいに落ち着いている。

でも、彼女がこちらから目を逸らさないから、それだけで胸が詰まる。

やがて相麻菫は、密《ひそ》やかな声で、言った。

「後悔してる？」

「うん。とても」

「これからも後悔する？」

「うん。いつまでも、ずっと」

「ならそれで、とりあえず満足しておくわ」

彼女はスプーンを動かして、チキンカレーを食べ終えて。

それでなにもかもが問題なく、綺麗《きれい》さっぱり片付いたのだという風に、微笑む。

「さて、洗い物は任せてしまってもいいかしら？」

「もちろん」

「じゃあ私は、そろそろ帰るわ」

彼女は立ち上がる。

「もうすぐ、雨が降るの。傘を貸してもらえる？」

夜の始まりの濃紺色の空は雲ひとつなく晴れ渡っている。

「雨は、いつ降るの？」

「あと一〇分くらいよ。明日の朝には上がっているわ」

「そう」

ケイも立って、玄関に向かう。そこには二本のビニール傘があった。元々、持っていたものと、今日購入したものだ。新しい方を摑《つか》む。

スポーツバッグを肩にかけた相麻に、ケイは傘を差し出す。

「送っていこうか？」

「いえ、大丈夫よ」

「夜道を女の子がひとりで歩くのは危ないよ」

「未来を知らない、普通の女の子ならね」

彼女は傘を受け取って、純粋に笑った。

「それじゃあ、さようなら」

ケイは首を振る。

その言葉じゃ、だめだ。

「君が僕にさよならと言ったのは、今までたった、一度だけだよ」

二年前に、雨のバス停で、最後に彼女と別れた時だけだ。

だからその言葉で、彼女を見送ることはできない。

相麻菫は——孤独で、気高くて、気まぐれにみえても切実な、その野良猫のような少女は、笑みを浮かべて言い直す。

「じゃあ、また会いましょう。ケイ」

「うん。またね」

浅井ケイが頷いて、彼女の言葉は、約束になった。

午後六時〇五分。咲良田に雨が降る、一二分前のことだ。

＊

浦地正宗は、深い青色の軽自動車を降りる。

あるビルの地下駐車場だ。それほど広さはない。

運転席のドアが開き、加賀谷が現れた。彼はまっすぐにビルの奥へと進む。その後ろに続きながら、浦地は言った。

「ここだったのか。会議で何度か来たことがある。君は知ってた？」

加賀谷は首を振って短く答える。

「いえ」

「ま、そうだろうね」

ふたりはエレベーターに乗り込む。ドアが閉まり、音を立てずに動き出す。下へ、下へ。どのくらい下ったのかもよくわからなかった。再びドアが開いたとき、その先には薄暗い通路が続いていた。

またふたりは歩き出す。まっすぐな通路だったが、途中、いくつかの扉を抜けた。

浦地は加賀谷の歩調が、普段とは違っていることに気づいた。わずかに遅い。彼は浦地の数歩後ろを歩いている。

「彼らをみるのは、辛《つら》いかい？」

加賀谷は始まりの三人が待ちわびた能力者だ。

彼が右手で触れたものは、決して変化しなくなる。彼の能力によって、境界線を永続させることが可能になった。

しばらくの間、足音だけが聞こえていた。やがて彼は答えた。

「はい。もちろんです」

それは泣き声のように、幼く聞こえる声だった。

浦地正宗はもう、ずいぶん昔のことを思い出す。加賀谷に初めて会った日のことだ。あのとき、彼は泣いていた。年下の浦地に向かい、泣きながら謝っていた。

「気にすることはないよ。君がしたことは正しい。胸を張って良い」

「はい。理解しています」

でも、理性で納得しても意味はない。感情は別の場所にある。

加賀谷は人間ふたりの時間を止めた。

人を、まるで、石ころのようにしてしまった。境界線を構成するふたりの能力者。浦地正宗の父と母。彼らはもう、なにを語ることも、なにを思うこともない。

どれだけ正当な理由があったとしても、罪悪感を持つのは、仕方がない。

「貴方《あなた》は――」

躊躇《ためら》いがちに、加賀谷は言った。

「彼らに会うことが、辛くはないのですか？」

浦地は笑う。

「もちろん、辛い。でも久しぶりに母に会えるのだから、嬉しくもあるよ」

母が石になったのは、父の八年後だ。浦地正宗が二〇歳になった日に、母も加賀谷の能力で、決して変化しない存在になった。

あのとき、母は言った。

――貴方を独りにしてしまって、ごめんなさい。

彼女は微笑んでいた。

――私も、あの人と同じになるわ。

母は父を深く愛していた。父と同じく不変になり、父の隣で無限の時間を過ごす。それを、きっと、待ちわびていた。

まったく愚かなことだ、と浦地正宗は考える。

加賀谷の能力の対象になった人間は、なにかをみることも、なにかを聞くこともできない。喋《しゃべ》ることも、思考することもできない。完全に意識を失っている。

そんな状態で、誰かの隣にいることに、いったいどんな意味がある？　そんなになってまで父の隣に行くことに、いったい、どれほどの価値がある？

浦地は以前、魔女が語った言葉を思い出す。

――貴方は、石に恋することができる？

もちろん、できない。

そして、人間が、石になることなんて許されない。

人は人でなければならないのだ。なんであれ他のものになってはならないのだ。

「今日、母は、石ころではなくなる」

咲良田から、能力に関する情報を奪い取るために。

母は能力の使用を止めなければならない。彼女は加賀谷の能力から解放される。

「人間に戻るんだ。喜ばしいことだ」

長く暗い通路が、ようやく終わりを迎える。

正面に小さな部屋があった。立方体に近い形の部屋だ。窓どころか、蛍光灯さえついていない。この部屋に、人が立ち入ることは想定されていない。

懐中電灯を持った管理局員がふたり、部屋の中を照らしていた。

がらんとした部屋の中心に、たったふたつ、大きな木箱が置かれている。

厚みはそれほどない。せいぜい五〇センチ程度だろう。縦幅が二メートル少々、横幅はおよそ七〇センチ。

それは棺《ひつぎ》だ。

燃やされることはないけれど、人が永く眠るために用意された。理想的には世界の終わりまで、永眠するために。

棺は白く美しい。たった今、作られたばかりのように。だがそれはこの部屋に安置されてから、もう一二年ほど経っているはずだ。

「こちらです」

と、懐中電灯を持った管理局員が、一方の棺を指す。

加賀谷に向かって、浦地は頷《うなず》く。

「頼むよ」

躊躇うような速度で、加賀谷は棺の前まで歩みよる。片膝《かたひざ》をついて、左手で触れた。

一二年ぶりに、棺のロックが解除される。ふたりの管理局員が、懐中電灯を持ったまま、器用に蓋《ふた》を開いた。

中には女性が横たわっている。眠っているように、死者のように。

だが、どちらも正確ではない。彼女は完全に停止している。眠りよりも、死よりも厳密に、不変だ。能力を使用した状態のまま、一二年間、なんの変化もしていない。

その姿をみても、不思議となんの感情も抱かなかった。一二年ぶりの母との再会に、感動することもなかった。

悲しみも、怒りもなく、浦地はただ安堵《あんど》する。心は安らかに静まっている。

母が目を覚まし、能力の使用を止めたとき、すべてが完了するのだ。

加賀谷はそっと、彼女の肩に触れた。能力の解除。彼女の瞼《まぶた》が、わずかに動く。石ころは人間に戻り、また時間が流れ始める。

誰にも聞こえないような、小さな声で、浦地正宗は囁《ささや》く。

「さあ、夢から覚める時間だ」

サクラダリセット。

この街に、聖なる再生を。

＊

そして、午後六時一七分。

相麻菫の鼻先に雨粒が当たった。

その意味が、彼女にはもう、わからなかった。

右手に持っていたビニール傘を開いてから、空を見上げて、考える。

——あら？　曇ってた？

つい先ほどまで、綺麗《きれい》に晴れた夜空の下を歩いていたように思う。でも傘を持っていたのだから、雨が降ることを予感していたはずだ。

——この傘は、そう、ケイに借りたのよ。

彼の家を出るときに、雨が降りそうだったから借りてきたのだ。

不思議だ。記憶がおぼつかない。なんだか夢から覚めたすぐあとみたいだ。

夢をみているとき、頭の中は誤った記憶でいっぱいだ。象が飛んでも、死者に再会しても、それが自然なことなのだと信じられる。でも目覚めたとたんに現実の情報が押し寄せてくる。そして夢の中身は、たいていすっかり忘れてしまう。すぐに、夢をみていたことすら思い出せなくなる。

それにとてもよく似ていた。

晴れ渡った夜空を見上げていたなんて、きっと馬鹿馬鹿しい想像に過ぎなかったのだ。ずっと空は曇っていて、雨が降りそうで、だから相麻はケイに傘を借りた。きっとそういうことなのだろう。

ぱらぱらと雨粒が傘を叩《たた》く。

空に向かって窮屈に顎《あご》を上げていると、スポーツバッグの肩紐《かたひも》がずり落ちて、相麻は慌ててそれを支えた。

――カレーを作りに行ったはずなのに、どうしてスポーツバッグなんか持ってるのよ？

それはたしか、昼間にランニングをしていたからだ。

少し走って、それからケイの部屋でカレーを作った。シャワーを借りるつもりだったから、スポーツバッグに着替えとエプロンを入れて行ったのだ。

――馬鹿みたいね。どうして私は、ケイの部屋に行く前に、ランニングなんてしようと思ったの？

そうだ。ケイの部屋でシャワーを借りる口実だ。

彼を少し慌てさせようと思ったのだ。ふたりきりの部屋で女の子がシャワーを浴びていたら、彼でも胸を騒がせるだろうと予想していたけれど、あまり上手《うま》くいった様子ではなかった。困ったものだ。

――まぁいいわ。少なくともカレーは、美味《おい》しいと言ってもらえたのだし。なにも問題ない。幸福な一日だった。うん、とても。

明日、学校で出会ったら、彼にはなんと話しかけましょうか？

そんなことを考えながら、相麻菫は雨の夜道を歩く。

自身の記憶が書き換わっていることに、彼女が気づくことはない。

＊

ノイズに似た音が聞こえる。

目を覚ましたとき、春埼美空はベッドに横たわっていた。

起き上がる。ウェーブのかかった長い髪が、流れるように揺れる。首を振って、窓の外をみる。ノイズに似た音。雨だ。

ゆっくり辺りを見回して、理解した。

――ここは、病室だ。

どうして病室にいるのだろう？　上手く事態を呑《の》み込めないが、まあ良い。

そのままベッドの上に座っていた。周囲は薄暗い。照明がついていない。だが部屋を明るくする必要もない。窓辺に置かれた人形のように、なにも望まず、思考さえせず、彼女はただ座っていた。

やがて病室の扉が開く。

明かりがついた。入って来たのは、白衣を着た男性だった。片手にカルテを持っているから、おそらく医者だろう。

「目を覚ましましたか」

と彼は言った。

「はい」

春埼は頷く。

「記憶がありますか？」

その質問に即答することは難しかった。

──記憶とはなんだ？

自身の名前は覚えている。家の住所も、電話番号もわかる。それだって記憶だ。だが彼はそういうことを尋ねているのだろうか？

思ったままを、彼女は答えた。

「覚えていることは、覚えています。貴方《あなた》のいう記憶とはなんですか？」

彼は軽く咳払《せきばら》いをして、答えた。

「貴女《あなた》は自室で倒れて、ここに運ばれました。そのことを覚えていますか?」

春埼美空は首を振る。

「いえ。覚えていません」

「わかりました。いくつか質問させてください」

貴方はすでに質問している。そう思ったけれど、口にはしなかった。必要のない指摘だと判断したのだ。

「はい」

肯定して、頷《うなず》く。

彼は手元のカルテに視線を落とす。

「貴女の名前は?」

「春埼美空です」

「年齢は?」

「一三歳です」

彼はわずかに顔をしかめて、だが続ける。

「学校には通っていますか?」

「はい」

「それはどこの学校ですか?」

「七坂中学校です」

「学年とクラス、出席番号は？」

「一年四組、二四番です」

「今は何月何日？」

「わかりません」

少し考えて、付け加える。

「三月一五日の夜に眠った記憶があるので、三月一六日だと予想します」

「西暦は？」

「二〇――」

そんな質問が、しばらく続いた。

やがて彼は首を振る。

「落ち着いて聞いてください」

「落ち着くという感覚が、私にはわかりません」

慌てた記憶がないので、その反対もわからない。

彼は右手の人差し指で頭を掻《か》いて、顔を歪《ゆが》めた。泣いたにしては涙がないし、笑ったにしては笑い声がない。春埼には上手く判別できない表情だった。

「では、そのままでかまいません。春埼美空さん。貴女はおよそ二年七か月ぶん、記憶を失っています」

彼は正しい西暦と、日づけを口にした。

「わかりました」

と、春埼は答えた。今日は一〇月二四日。覚えた。

彼はまた顔を歪める。それからゆっくりと、丁寧に、春埼美空に起こった事を説明した。

春埼が記憶を無くした最初の日。

つまり二年前の三月一六日、彼女はいつまで経っても目を覚まさなかった。母親が耳元で彼女の名前を呼んでも、大きく肩を揺らしても、目覚めることがなかった。

春埼美空は救急車でこの病院に運ばれた。だが、どれだけ精密に検査をしても、彼女が目を覚まさない理由はわからなかった。

春埼は三日目にようやく意識を取り戻し、検査のあと、六日目に退院した。だがその後も頻繁に彼女は倒れた。身体には問題がないはずなのに、次第に衰弱していった。

春埼は中学二年生に進級するタイミングで休学し、治療に専念することになった。精神面に問題がある可能性を指摘され、同時にメンタルケアが行われた。

その甲斐《かい》があったのかどうかはわからない。けれど、最近は春埼の体調も安定し、主に自宅で療養することになった。

それがこの二年七か月間に起こったことだ。

だがほんの三〇分ほど前、春埼はまた倒れて、この病院に運ばれた。

「以前から、貴女は意識を無くした後、しばしば一定の記憶を失うことがありました。

でもきっと、すぐにまた思い出せますよ」

春埼美空は頷く。

病気、休学、記憶喪失。

「わかりました」

すべてどうでも良いことに思えた。

春埼美空は、医師が偽物の記憶を元に語っていることに気づかない。

雨が降り始める直前に、咲良田の住民みんなの記憶が書き換えられたなんて、想像できるはずもない。

それを理解しているのは、たったひとりの少年だけだ。

しかしその少年のことも、春埼は忘れていた。

だから、彼女は考える。

――私に、思い出すべき記憶なんてあるだろうか？

春埼美空は、自身が失くしたものを知らない。

エピローグ

浅井ケイだけは、雨音の意味を正確に理解していた。

それは咲良田の人々が能力を忘れ去ったことを告げる音だ。

この街の四〇年間が、書き換えられていく音だ。

今日の午後一時過ぎに、宇川沙々音は雨雲を消し去った。だが彼女の能力は、彼女自身がそれを使用したことを忘れると、効果を失ってしまう。そして咲良田中から能力に関する情報が消えるとき、宇川沙々音も能力のことを忘れる。

だから咲良田から能力が消えると同時に、雨雲が再生した。

窓の外から、ノイズのような雨の音が聞こえる。

ケイはベッドに倒れ込む。身体を丸め、頭を抱える。

脳内に情報が溢《あふ》れていた。膨大な量の、偽物の記憶が、ふいに生まれた。吐き気をもよおすような頭痛に耐えながら、納得する。

――なるほど。こうなるのか。

記憶を失えない自分が、無理やりに記憶を書き換えられると、こうなるのか。

ふたつの記憶がせめぎ合っていた。

能力がある記憶と、能力なんて存在しない記憶。矛盾するふたつの情報が、脳内でぶつかり合って、暴れる。

一方の記憶には春埼美空がいて、もう一方の記憶には春埼美空がいなかった。一方の記憶では相麻菫が死に、もう一方の記憶では相麻菫が死ななかった。

混乱する。

能力がある方の記憶が正しいのだと、理性が告げる。だが同じように、能力なんてあるはずがないのだと告げる理性もある。

能力があり、春埼美空がいて、相麻菫が死んだのか。

能力なんてなくて、春埼美空もいなくて、相麻菫は死ななかったのか。

ほんのわずかな時間、わからなくなった。ケイ自身がどちらの過去を望んでいるのかさえ、咄嗟《とっさ》には判断できない。

ポケットから携帯電話を取り出す。頭痛のせいだろう、少し視界がぼやけていた。ケイは目を細めてモニターを覗《のぞ》き込む。震える指でボタンを押す。

ようやく、確信した。

そこには春埼美空から送られてきた、二通のメールがあった。

彼女は確かに、すぐ隣にいた。

メールを開く。まずは一通目。

――レストランを探す必要はありません。ケイの部屋で、チキンカレーを作ります。

そして、二通目。

――ごめんなさい。やはり、外食の方がいいですか？

携帯電話を、めいっぱい握りしめる。

ごめんなさいって、なんだよ。いったい、なにを謝っているんだよ。

きっと春埼は幸福な期待に胸を弾ませて一通目のメールを送ったのだろう。必要のない不安に苛《さいな》まれて二通目のメールを送ったのだろう。

ケイがすぐに返信しておけば、彼女はこんな二通目を書く必要はなかった。

たった一言答えておけば、彼女は自身の些細《ささい》な願望に、罪悪感を抱かずに済んだ。

彼女のメールが届いたとき――バスルームの前で、相麻菫の声を、聴いていたとき。

携帯電話を開かなかったことを、後悔してはいない。あの時間だけ、春埼美空よりも相麻菫を優先したことを、後悔はできない。

――でも、こんなメールは、だめだ。

こんなものを春埼美空から受け取った、最後のメッセージにしてはならない。

――だから僕は、まだ休むわけにはいかない。

ようやく頭痛が治まりつつあった。

浅井ケイは立ち上がる。

玄関に向かい、スニーカーに足を突っ込んで、堅く靴ひもを結ぶ。

傘を摑《つか》んで、扉を開けた。

雨音が聞こえる。ざあざあと、電波の悪い無線機のノイズみたいに。それは遠くにいる誰かと、不安定な力で繫《つな》がっているときの音だ。

背後で扉が閉まる。浅井ケイは、走り出す。

春埼美空はすべてを忘れているだろう。

それでも、彼女だって、同じ音を聞いている。

弱いけれどまだ確かに、繫がっている。

——繫がって、いるんだ。

きっとそれは、途切れかけていたけれど。

相麻菫が、また繫いでくれたんだ。

＊

二年前のことだ。

相麻菫が死んでしまう、直前のことだ。

あの日も雨が降っていた。ノイズのような音を立てながら、雨粒がこの街のあらゆる部分を均等に叩《たた》いていた。

——伝言が好きなの。

バスの停留所で、彼女は言った。
——幸せな言葉や細やかな言葉を、人から人に、たくさん伝えたい。
たったそれだけに、彼女は命を賭《か》けた。
だから少年の言葉は、少女に届く。
浅井ケイはまた、春埼美空に語りかけることができる。

「少年と少女と、」了

本書は、二〇一一年十二月に角川スニーカー文庫より刊行された『サクラダリセット6　BOY, GIRL and ――』を修正し、改題したものです。

少年《しょうねん》と少女《しょうじょ》と、

サクラダリセット6

河野《こうの》 裕《ゆたか》

平成29年 2月25日　初版発行
令和6年 4月30日　4版発行

発行者●山下直久

発行●株式会社KADOKAWA
〒102-8177　東京都千代田区富士見2-13-3
電話　0570-002-301（ナビダイヤル）

角川文庫 20214

印刷所●株式会社KADOKAWA
製本所●株式会社KADOKAWA

表紙画●和田三造

●お問い合わせ
https://www.kadokawa.co.jp/（「お問い合わせ」へお進みください）
※内容によっては、お答えできない場合があります。
※サポートは日本国内のみとさせていただきます。
※Japanese text only

ISBN978-4-04-104210-6　C0193

角川文庫発刊に際して

角川源義

第二次世界大戦の敗北は、軍事力の敗北であった以上に、私たちの若い文化力の敗退であった。私たちの文化が戦争に対して如何に無力であり、単なるあだ花に過ぎなかったかを、私たちは身を以て体験し痛感した。西洋近代文化の摂取にとって、明治以後八十年の歳月は決して短かすぎたとは言えない。にもかかわらず、近代文化の伝統を確立し、自由な批判と柔軟な良識に富む文化層として自らを形成することに私たちは失敗して来た。そしてこれは、各層への文化の普及滲透を任務とする出版人の責任でもあった。

一九四五年以来、私たちは再び振出しに戻り、第一歩から踏み出すことを余儀なくされた。これは大きな不幸ではあるが、反面、これまでの混沌・未熟・歪曲の中にあった我が国の文化に秩序と確たる基礎を齎らすためには絶好の機会でもある。角川書店は、このような祖国の文化的危機にあたり、微力をも顧みず再建の礎石たるべき抱負と決意とをもって出発したが、ここに創立以来の念願を果すべく角川文庫を発刊する。これまで刊行されたあらゆる全集叢書文庫類の長所と短所とを検討し、古今東西の不朽の典籍を、良心的編集のもとに、廉価に、そして書架にふさわしい美本として、多くのひとびとに提供しようとする。しかし私たちは徒らに百科全書的な知識のジレッタントを作ることを目的とせず、あくまで祖国の文化に秩序と再建への道を示し、この文庫を角川書店の栄ある事業として、今後永久に継続発展せしめ、学芸と教養との殿堂として大成せんことを期したい。多くの読書子の愛情ある忠言と支持とによって、この希望と抱負とを完遂せしめられんことを願う。

一九四九年五月三日

ISBN 978-4-04-104211-3

つれづれ、北野坂探偵舎

心理描写が足りてない

河野裕

探偵は推理しない、ただ話し合うだけ

「お前の推理は、全ボツだ」――駅前からゆるやかに続く神戸北野坂。その途中に佇むカフェ「徒然珈琲《つれづれコーヒー》」には、ちょっと気になる二人の“探偵さん”がいる。元編集者でお菓子作りが趣味の佐々波《ささなみ》さんと、天才的な作家だけどいつも眠たげな雨坂《あまさか》さん。彼らは現実の状況を「設定」として、まるで物語を創るように議論しながら事件を推理する。私は、そんな二人に「死んだ親友の幽霊が探している本をみつけて欲しい」と依頼して……。

角川文庫のキャラクター文芸

ISBN 978-4-04-101004-4

ISBN 978-4-04-102382-2

角川文庫ベストセラー

蜜の残り　加藤千恵

様々な葛藤と不安の中、様々な恋に身を委ねる女の子たちの、様々な恋愛の景色。短歌と、何かを言いたげな食べ物たちに彩られた恋愛短編集にして、普通ではない恋愛に向き合う女性たちのための免罪符。

つめたい転校生　北山猛邦

私が恋したスーツ姿の彼は、殺し屋？　学校の倉庫から突然消えた転校生は、幽霊？　人と人でないものが恋をしたその瞬間、謎が生まれた。意外性たっぷりの驚きのトリックが冴えるファンタジックミステリ。

赤×ピンク　桜庭一樹

深夜の六本木、廃校となった小学校で夜毎繰り広げられる非合法ファイト。闘士はどこか壊れた、でも純粋な少女たち――都会の異空間に迷い込んだ彼女たちのサバイバルと愛を描く、桜庭一樹、伝説の初期傑作。

推定少女　桜庭一樹

あんまりがんばらずに、生きていきたいなぁ、と思っていた巣籠カナと、自称「宇宙人」の少女・白雪の逃避行がはじまった――桜庭一樹ブレイク前夜の傑作、幻のエンディング3パターンもすべて収録!!

砂糖菓子の弾丸は撃ちぬけない A Lollypop or A Bullet　桜庭一樹

ある午後、あたしはひたすら山を登っていた。そこにあるはずの、あってほしくない「あるもの」に出逢うために――子供という絶望の季節を生き延びようとあがく魂を描く、直木賞作家の初期傑作。

角川文庫ベストセラー

消失グラデーション　長沢　樹

とある高校のバスケ部員椎名康は、屋上から転落した少女に出くわす。しかし、少女は忽然と姿を消した⁉　開かれた空間で起こった目撃者不在の〝少女消失〟事件の謎。審査員を驚愕させた横溝賞大賞受賞作。

夏服パースペクティヴ　長沢　樹

夏休みの撮影合宿中に、キャストの女子高生が突如倒れ込む。その生徒の胸には深々とクロスボウの矢が突き刺さっていた。〝かわいすぎる名探偵〟樋口真由が、卓越した推理力で事件の隠された真相に迫る！

退出ゲーム　初野　晴

廃部寸前の弱小吹奏楽部で、吹奏楽の甲子園「普門館」を目指す、幼なじみ同士のチカとハルタ。だが、さまざまな謎が持ち上がり……各界の絶賛を浴びた青春ミステリの決定版、〝ハルチカ〟シリーズ第1弾！

初恋ソムリエ　初野　晴

ワインにソムリエがいるように、初恋にもソムリエがいる⁈　初恋の定義、そして恋のメカニズムとは……お馴染みハルタとチカの迷推理が冴える、大人気青春ミステリ第2弾！

空想オルガン　初野　晴

吹奏楽の〝甲子園〟――普門館を目指す穂村チカと上条ハルタ。弱小吹奏楽部で奮闘する彼らに、勝負の夏が訪れた‼　謎解きも盛りだくさんの、青春ミステリ決定版。ハルチカシリーズ第3弾！

角川文庫ベストセラー

千年ジュリエット　初野　晴

文化祭の季節がやってきた！　吹奏楽部の元気少女チカと、残念系美少年のハルタも準備に忙しい毎日。そんな中、変わった風貌の美女が高校に現れる。しかも、ハルタとチカの憧れの先生と親しげで……。

鴨川ホルモー　万城目　学

このごろ都にはやるもの、勧誘、貧乏、一目ぼれ――謎の部活動「ホルモー」に誘われるイカキョー（いかにも京大生）学生たちの恋と成長を描く超級エンタテインメント!!

ホルモー六景　万城目　学

あのベストセラーが恋愛度200%アップして帰ってきた！……千年の都京都を席巻する謎の競技ホルモー、それに関わる少年少女たちの、オモシロせつない恋模様を描いた奇想青春小説！

かのこちゃんとマドレーヌ夫人　万城目　学

元気な小1、かのこちゃんの活躍。気高いアカトラの猫、マドレーヌ夫人の冒険。誰もが通り過ぎた日々が輝きとともに蘇り、やがて静かな余韻が心に染みわたる。奇想天外×静かな感動＝万城目ワールドの進化！

校庭には誰もいない　村崎　友

高校生葉音梢は、部員が2人しかいない合唱部で部長の面倒を見る毎日。ところが新学期の始まる前日、入部希望ノートに「中村雫」という学内には存在しない生徒の名前が……弱小合唱部謎解きの青春！

角川文庫ベストセラー

氷菓　米澤穂信

「何事にも積極的に関わらない」がモットーの折木奉太郎だったが、古典部の仲間に依頼され、日常に潜む不思議な謎を次々と解き明かしていくことに。角川学園小説大賞出身、期待の俊英、清冽なデビュー作！

愚者のエンドロール　米澤穂信

先輩に呼び出され、奉太郎は文化祭に出展する自主制作映画を見せられる。廃屋で起きたショッキングな殺人シーンで途切れたその映像に隠された真意とは!?大人気青春ミステリ、〈古典部〉シリーズ第2弾！

クドリャフカの順番　米澤穂信

文化祭で奇妙な連続盗難事件が発生。盗まれたものは碁石、タロットカード、水鉄砲。古典部の知名度を上げようと盛り上がる仲間達に後押しされて、奉太郎はこの謎に挑むはめに。〈古典部〉シリーズ第3弾！

遠まわりする雛　米澤穂信

奉太郎は千反田えるの頼みで、祭事「生き雛」へ参加するが、連絡の手違いで祭りの開催が危ぶまれる事態に。その「手違い」が気になる千反田は奉太郎とともに真相を推理する。〈古典部〉シリーズ第4弾！

ふたりの距離の概算　米澤穂信

奉太郎たちの古典部に新入生・大日向が仮入部する。だが彼女は本入部直前、辞めると告げる。入部締切日のマラソン大会で、奉太郎は走りながら心変わりの真相を推理する！〈古典部〉シリーズ第5弾。